아내

최명길 시집

황금알

아내,
그 향기로운 이름 앞에 이 시집을 바친다.

노을꽃

　요즈음 나에게는 그녀가 새로운 느낌으로 다가온다. 바라보기만 해도 묘한 파동이 일어나 신비로운 소용돌이로 빠져든다. 청춘으로 만나 장년을 넘어서기까지 우리는 같은 지붕 아래서 밥숟가락을 함께 나누며 살아왔다. 그 시공이 33년, 아스라하다.

　블록 담집 관사로부터 단간 사글셋방 전세로 이어지던 시절 그녀는 아기에게 먹일 우유가 없어 가련해 하면서도 아기를 길러냈고 기다림과 헌신으로 일관해 왔다. 혹한풍설을 거의 알몸으로 배겨냈다. 하지만 나는 그녀에게 별로 해준 게 없다. 간혹 정신의 아찔함은 찾아왔었지만 그 흔한 사랑이란 말조차 별로 하지 못했다. 울렁거림은 약했고 파릇한 감흥의 순간 같은 것도 드물었다. 오히려 무덤덤해 하거나 투정을 부리곤 했다. 밋밋이 흘러가 버린 강물 같은 생,

　돌아보면 그건 한 인간에 대한 모독이었다. 가혹한 일이었으며 시련이었다. 무례며 학대였다.

　사실 각각 다른 개체가 만나 하나를 이룰 때 그 순간은 극적이고도 장엄하다. 마음과 마음이 어르고 몸과 몸이 결합할 때 들려오는 속삭임, 그 풀무 소리야말로 바로 천지가 하나를 이

루는 소리가 아니던가. 그런데 그 순간들을 우리는 온전히 하나로 만들어갈 줄 몰랐다. 하나이되 그 하나를 미처 깨닫지 못했다. 음미할 여유를 갖지 못한 것이다. 눈빛은 멀리 있었고 가슴은 낡아 펄럭댔다.

그런 지난날들이 몹시 미안하다, 고 되뇌며 섰던 어느 별 아래서 나는 이런 시 101편을 썼다. 그 사람이 이걸 모두 읽을 지는 모르지만 지금 이 고해의 편린들은 내 나뭇가지에서 떠나간다. 이제 나는 쉬고 싶다. 따스한 물가에 기대앉아 가물히 이울어가는 그녀 눈빛을 바라보며 그저 한가해지고 싶을 뿐이다.

벌써 땅거미가 진다. 산기슭으로 어둠살이 밀리고 바람 소리가 스산하다. 계곡으로 그림자들이 깊게 쏠리고 산봉우리에는 노을꽃이 눈물방울처럼 핀다. 처연히.

오 그 사람 내 아내 우렁각시여!

2003년 9월 26일
설악산 달마봉 아래서
최명길

차 례

너와 나

너와 나는 잠시 스치는 갯바람 아니다.
우리 서로 갈잎에 우는 기러기처럼 만났어도
네가 강물이라면 나는 산이다.
그보다는 내가 강물이고
너는 거기 담겨 흘러가는 꼭두서니 풀 그림자다.
우리 서로 갈잎에 우는 겨울 기러기처럼 만났어도
나는 하루종일 네 곁에 홀로여도 외롭지 않고
삶이 괴로워도
나는 네 곁을 떠나지 못하고 있다.
너의 눈동자에 이는 들냉이 내음
나는 산 그리메로 오늘도 홀로 네게 머문다.

눈부심으로

사람과
사람들
그 수많은 얼굴 속에서 나는 너를 만났다.
너는 눈부심으로 가득했다.
눈부심으로 너는 나에게 왔고
눈부심으로 나는 너를 향해 걸어 들어갔다.
나는 너의 내력을 잘 모른다.
너 또한 나의 전력을 잘 몰랐으리
알려고도 하지 않았으리
우리들의 조우에 그것은 중요하지 않았다.
다만 너는 그때 바로 그 자리에 한 여인으로 있었고
나는 그때 바로 그곳에 한 사내로 있었다.
그것만이 우리의 환희였다.
우리의 무상한 노래였다.
너와
나
우리의 눈부심으로

나무 해인

산에 들어 처음 그 나무를 만나고서
나는 그 나무를 그냥 나무로 보았다.
몇 해 지난 다음 다시 그 나무를 만나고서는
나는 그 나무를 성자라 생각했다.
산정 거친 바위벽을 안고 몸부림쳤을
그를 깨닫고 난 후였다.
세상은 나무를 그냥 두지 않았다.
나무는 육신을 비틀었다.
가지는 떨어져 나가고 흔적만 남았다.
키는 낮아 더 낮아질 수 없다는 듯
지옥처럼 붉어 몸통 전체가
울금향을 담은 그릇 같았다.
동쪽으로 난 서너 줌의 잎사귀 타래
그것만이 살아있음을 알렸다.
천지와 어울리자면 다만 그러해야 했던가
순종의 끝은 다만 그러했던가
나는 나무 앞에서 두 손을 모았다.
천지 그 법이 얼른 나를 스치고 지나갔다.
산속 모든 나무가 성자,

세상의 모든 나무들은
나무 같은 사람들은 성자다.
나무를 싹 틔워 기르는 이 땅은 해인의
도독한 무릎이다.

첫 포옹

첫 포옹의 순간
너와 나는 너와 나가 아니라 별이 아니라
꽃망울 우주였다.
지금까지와는 전혀 다른 세계의 온전한 하나
하나의 빛남이었다.
서로는 서로에게 충격이요 기적이었다.
그 포옹의 순간
너와 나는 너와 나의 자아가 사라지고 혼돈으로서
찰랑임으로서
아니, 엉긴 몸으로서만 의미를 지닌
하나의 진실
반 쪼가리 하나가 아니라 반 쪼가리 둘이
하나가 되어 있는 그런 달항아리였다.
너와 나는 너와 나가 아니라
풀향기 같은 것으로
꽃향기 같은 것으로

하늘의 장난

눈 온 다음 날
설악산은 눈을 이고 있고
흰 눈빛에 놀라
하늘이 금방 파래졌다.
아내와 그걸 한참 바라보고는
서로 얼굴을 마주하며
"하늘이 장난하네."
하고는 빙그레 웃었다.
단풍 든 빨딱고개를 오르다
힘들어하기에
누운 막대기 하나 주워 건네던 일 생각나
다시 얼굴을 마주하니
보얗던 얼굴에는 잔주름 가득 고였다.
"꼬물꼬물 시간이 장난쳤네."
하니 그녀가 다시 웃었다.

사랑의 제물

아내와 함께 살아온 지 사십 년
돌아보면 어머니 생각난다.
세상의 모든 딸들 생각난다.
달마다 한 바가지씩 피를 쏟아내고
사랑이란 달콤한 말에 꼬이어
연꽃풋살 깊고도 그윽한 그곳으로
어여쁠 것도 향기로울 것도 없는
괴이한 그 물건을 받아들인다.
회임과 출산의 죽을 고비를 왜 모를까마는
그 순간만은 침묵한다.
누가 마취주사를 꽂아 두었다는 말인가
사랑의 제물이 되어
뱃가죽이 찢어지고
골반이 어긋나 몸뚱어리가 어기적거려도
그 고통에 대해서는 말하지 않는다.
여인이여 그 일 하나만으로도
나 그대 앞에 엎드려 경배하고 싶어라
세상의 모든 창조의 모성이여
딸이여 어머니여

용구새

처음 그녀와 어른들께 인사드리러 가던 날은
우리 아버지가 용구새를 뱃고
어머니는 마당 가에서 고추를 열었다.
그해 밭떼기는 풍요로워 고추빛깔이 곱고
쪽동박 열매 영그는 소리가 산울타리를 붉혔다.
초가 추녀 끝으로 일찍 가을이 와서
밤나무 가지 탐스러운 밤송이들은
누가 먼저 입을 벌리나 내기를 하고
가지마다 풀매미들이 달라붙어 째지게 울었다.
우물 속에 더러 먼저 떨어진 감나무잎들
그 새로 물기 머금어 더욱 노래진 낮 반달
우리는 나란히 엎드려 큰절을 올리고
천장에 드러난 댓진처럼 까매진 서까래를 보며
서로 눈길을 주고받았다.
구멍 뚫린 지창으로 마른 햇살이 들어와
고소하게 들깨 칠을 한 방바닥 한켠에 와서 놀고
나는 이 사람이 내 사람이구나 했다.
산빛을 돌아서면 실댕기 같이 아련하던 퉁소 소리
그러나 가파른 능선길이 거기 또 있었다.

멀리서 보면

멀리서 보면 너에게는 내가 어떨까
나는 네가 버들새로 보인다.

고개 갸웃거리는 몸짓 아니라
눈매 파리한 산수국 빛 하늘을 날아서
날아서 오는 버들새

아주 멀리서 보면 너에게는 내가 어떨까
나는 네가 별로 보인다.

밤 구름에 틀어박힌 몸짓 아니라
물먹어 노르끼리한 들국화로 몸을 태워서
태워서 오는 별로

나는 네가 짐승으로 보일 때도 있다.
어여쁜 꽃이 아니라
사나운 짐승
짐승 같은 꽃

멀리서 네가 있는 곳 떠올려 바라보면
너는 네가 아니라 다른 무엇으로
내게 와 머문다, 머물다 간다.

아주 더 멀리서 보면 너는 네가 아니라
너인 다른 그 무엇이다.

화채봉과 산똥

설악산 화채봉에서 아내를 잃은 적 있었지요. 대청봉
에 올라 천지에 가득한 산을 보다가 깜짝 놀라 돌아오는
길 권금성 조금 못미처 중간 능선쯤이었지요. 산속에서
잃은 아내, 가파른 산길 되짚어 오르내리기를 몇 번이었
던지요. 산이 깊으면 메아리조차 안 사는지 깜깜한 절벽
만이 내 가슴에 서서 우뚝했지요. 산 안에나 산 밖에나
그 사람은 없었지요. 없어서 어스름이 왔지요.

어스름이 와서 그녀도 왔지요. 참 거룩하게 내 앞에.
나는 어쩔 줄 몰라했지요. 저녁 갈바람같이 온 그녀 앞
에서. 그런데 가만히 살펴보니 그녀 뒤으로 한 낯선 사
내가 따라왔지요. 그녀와 함께 왔지요. 바짓가랑이가 찢
어져 너풀거리고. 내 따가운 시선에 부끄러운 듯 그녀는
산봉우리 쪽으로 고개를 돌렸지요. 산똥 누다 그렇게 되
었어요. 눈물 글썽이며 앳된 그녀가 말했지요. 산똥 누
다 그렇게 되었다(?), 눈물 글썽이며 내가 말했지요. 정
말이지 그날에는 웬 사내가 그녀 뒤를 밟고 따라왔지요.
그게 아마 산신 곡두였을 것이지요.

멀리 내 가슴 절벽 끝에서는 화채봉 별이 떴지요. 화채봉 절벽에 아기 주먹만 한 화채봉 별이 피었지요. 새파랗게 새파랗게 피어서 동해로 떨어졌지요.

수레와 마부

그대는 수레
나는 마부

그대는 고독히 짐을 실어 나르고
나는 한가로이 그대 주위를 맴돈다.

그대 손길은 세밀해
구석구석 미치지 않은 곳 없고
그대 마음은 보이지 않아 오히려 세상을 덮고도 남는다.
호수 물결 찰싹이는 소리이듯
산골짜기 이내 피어 어리는 소리이듯

있다고 할는지
없다고 할는지

아무것도 없어 텅 빈 것 같다가도
어느 사이 내 마음 깊이 들어와 박힌다.
달그락 달그락 그대는 그릇을 닦으며 세상과 놀고
삐걱삐걱 나는 경을 닦으며 그대와 논다.

광탕하구나, 그대는 큰 수레
어리석구나, 나는 키 작은 마부

홍반 이슬

아내는 아프다.
'홍반 이슬'
이 귀여운 이름이 그녀 병명
서른세 살에 발병하여
오십에 닿은 지금까지
낫지 않는다.
한평생 병을 친구하여 사노라는
아내여
그대 앞에서 나는 아무것도 아니다.
무력하다.

이슬이 돋을 때에는
온몸이 붉으레 피어오른다.
신묘로운 홍반 열꽃
귓볼이 달아오를 때도 있다.
고통을 안으로 숨기고도 내색 않는
아내여
우주여
그대는 법法의 열매를 물고 있는
묘법연화경妙法蓮華經이다.

부분과 전체

나는 당신의 전체를 사랑하지
부분을 사랑하지 않습니다.
부분은 모순입니다.
눈은 옆으로 찢어져 있고
뚜껑도 없이
콧구멍은 늘 아래로 숙여 있습니다.
통곡 뒤으로 넘치듯 밀려오는 희열을
나는 설명할 수 없습니다.
당신은 모순덩어리
그러나 당신의 전체는 아름답습니다.
아름다운 완성입니다.
그것만이 당신의 유일한 실존입니다.
나는 당신의 부분이 아니라
그 실존을 사랑합니다.

아기집

나는 아내의 아기집을 보았네.
초음파에 실려 나온 밀실
펄럭펄럭 숨을 쉬고 있었네.
그러나 젊은 의사가 말했네.
아기집이 쪼그라들었어요.
쪼그라들었다는 그 말 한마디
우리 그 사람 몸 안의 따스한 물나라

소임을 마친 후의 초라한 그 집 뜰 안을
나는 울타리 너머로 들여다보았네.
그 집 신기하네.
문도 닫히고 있군요.

그래, 황제내경에 여자 나이 그쯤이면
울창한 숲도 삐꺽거릴 거라 했지.
힘찬 펌프질 소리 헐거워지고
가시 바람 폭풍우도 약해질 거라 했지.
내 정액을 받아먹던 보드라운 가죽 주머니
아니네, 이제는

한 생애가 그곳으로부터 난폭하게 노을 질 뿐

그녀 얼굴은 아직 홍조이나
쪼그라들었다는 그 말 한마디
우리 아이들 숨결 불어넣은 장엄한 우주
하늘이 길을 내어 드나들던 집

첫 말문

우리가 처음 만났던 날은
단풍이 붉었다.
천진* 소나무 숲을 지나서야
그녀가 첫 말문을 열었다.
"저는 아무것도 몰라요"
나에게 들려준 첫 말 한마디
아무것도 몰라요.
청간천 다리를 건너
호롱불빛 내다보는 초가 앞까지
그녀를 바래다주며
두어 번 옷깃이나 스쳤을까
초가을 달빛이 갈댓잎에 부딪혔다가
싸락싸락 떨어지고
그때마다 여울 물살은 아프게 울었다.
동해가 그 아래서 으르렁대고
저는 아무것도 몰라요.

* 천진: 천진은 이쁜 마을이었다. 이 마을을 중심으로 남녘으로는 순채 순
가득한 천진 호수가 맑고 북녘에는 관동팔경의 하나인 청간정이 다락처럼
놓여 있다. 이곳은 마을 사람들이 대대로 가꾸어온 풍치림 소나무 군락지
가 있다. 200살은 좋이 되어 보이는 소나무들은 모두들 가지를 아래로 드
리우고 군자처럼 동해를 굽어보고 있다. 그래 그런지 밤이면 소나무들이
소곤거리는 소리가 마치 동해 파도소리처럼 들려온다. 온갖 새들이 이곳
에 와 머물기도 하는데 노을 핀 초가을 저녁이면 숲 전체가 새 울음소리
로 가득했다. 나는 이곳에서 20대 청춘의 거의 5년간을 지냈고 꽃다운 열
아홉 살 내 아내도 바로 이 마을에서 만났다. 소나무 숲길에서.

당신의 마음 뜨락

당신의 마음 뜨락은 늘 청정하여요.
낙엽 한 장 떨어져 머물기 종래 미안스러워
데굴데굴 굴러가는 그곳을
짓궂게도 나는 빗자루를 들고 쫓아다니며 쓸지요.
먼지나 일으켜 볼까 하고요.
먼지나 일으켜 장난칠까 하고요.
그러나 내가 쓸어 긁힌 자국은
금방 상처 자국이 되어 남고
당신은 지고의 높이에서 그런 나를 오히려 측은해 하
여요.
청정한 마음 뜨락,
달빛이 어른대다 숨어버리는 산골짜기라 할까
소나기 끝에 더욱 까치런 시냇물이라 할까
나뭇가지를 밟고 앉았다가 잠시 내려선 바람결인 듯
당신은 더욱 청초히 눈을 뜨고
나는 다시 빗자루를 들어요.
빗질 소리를 크게 해 장난꾸러기 아이처럼
훼방하며 당신을 놀리려고요.

눈 흘김

어쩌다가 아내가 외출하면
나는 심심하다.
두 짝 신발 놓였던 댓돌 자리가 횅뎅그렁하면
그녀의 부재
나는 열쇠를 따고 들어가
혹시나 해
눈을 동그랗게 뜨고 이 방 저 방을 기웃거린다.
그러나 그미의 확실한 부재를 알아채고는
돌아와 밖으로 귀를 모은다.
토독 토독,
그녀의 발자국 소리는 특이해
먼 골목길에 들어서도
금방 알 수 있다.

하지만 자정 가까운 늦귀가에 대해
내가 할 수 있는 건 겨우
잠긴 문고리를 벗겨주며
잠시 눈 흘김을 보내는 것뿐이다.

녹두꽃잎 무늬

그대와 첫 경험은
녹두꽃잎 무늬였다.

야산 능선이 눈꼬리처럼 치켜 오르다 멈춘 자리
그 아래 광포호*에는
설악산 대청봉이
화엄 누대로 내려 발을 담그고

그녀는 녹두꽃낯 녹두꽃빛 옷을 입었다.
갓 스물 몸매가 딱딱한 육질이고 두려워서
헤치지 못하다가
헤치지 못하다가
녹두꽃 내음만 맡고

거칠게 일어서던 동해 파도 이랑
그곳이 맨 진흙 뻘밭이었을 줄이야
끝내 나는 빠져나오지 못하고
온 밤을 그렇게 허우적거렸다.

피 묻은 수수깡대를 깔아뭉개며
그 후 나는 차츰 바보가 돼 갔고
그녀는 아직 녹두꽃낯 녹두꽃무늬 옷을 입은 채
광포호 맑은 물탕을 튕기고 있다.

＊ 광포호: 호수. 들어오는 물길이 있을 뿐 나가는 물길은 없다. 다만 호수
  바닥에 난 구멍과 이 구멍을 통해 동해 해룡이 드나들었다는 전설이 있
  다. 주변에는 금잔디가 고왔고 노란녹두꽃 물결이 서걱거리는 수수잎과
  묘하게 어울리기도 했다. 아내의 처녀 시절 우리는 가끔 이 호숫가를 찾
  아 물총새들의 부리에 찍혀 올라와 파들거리는 피래미와 물결치는 호수
  얼굴을 지켜보곤 했었다.

초가을 밤 앵속이 싸르르 타는 듯한

그가 토끼장집으로 찾아 왔을 때
나는 그와 아무 상관 없는 사이였다.
내가 담임한 제자
손등에 새까만 때가 슬어 붙어
지저분했던 그 아이
얼굴이 동글라하고 그 까만 손으로도 꼬물꼬물
동시를 곧잘 여며내던 미자라는 애의 자매로서밖에는
그런데 그날 그의 눈빛 속에서 나는
초가을 밤 앵속이 싸르르 타는 듯한 소리를 들었다.
저녁이면 어김없이
뭍으로 밀려오는 청간 해풍이 어루만지며 길러서인지
머릿단은 동해 파도 이랑처럼 일렁거렸고
목덜미가 솜털투성이 깨끼복숭아 같이 싱싱했다.
그는 열아홉
내 청춘은 그의 그 열아홉 솜털복숭이 속으로 곤두박
질쳤다.
지금 그의 솜털투성이
그 보숭보숭 털투성이는 잔주름투성이가 되고 말았지만
나는 가끔 토끼장집 때의 그 눈빛 속으로 혼자 들어가

귀 기울여 들어본다.
초가을 밤 싸르르 앵속이 타는 듯한 그 소리를

마지막 편지

내가 아내에게 보낸 편지는
고작 삼십여 통
모두가 젊은 날의 것들이다.

사랑하노라는 고백서여서일까
젊은 사내의 타는 입김과 지순한 영혼이 서린 때문일까
그녀는 그것들을 아직도 은밀히
장롱 깊이 숨겨 두었다.

어쩌다 내가 그걸 좀 보자 하면
그녀는 내가 처음 만났을 때의
열아홉 털복숭어리 처녀 모습이 되어
그건 뭐 하려구요, 한다.

군살이 차올라 밋밋해진 허리통에 눈을 주며
내가 측은해하여도
그녀는 아주 그때 그 시절로 되돌아가 버리기라도 한 듯
수줍어서 얼굴을 붉힌다.

나는 그게 재미있어
보자 보자 어디 하고는 그녀의 뒤를 쫓아다니며
가슴을 보듬기도 하는데,

마음을 가다듬고 지금 가만히 생각하니
수줍게 타오르는 그 빨간 두 볼꽃이
고해의 나날들을 헤엄쳐 나와 나에게 전한
그녀의 마지막 편지였다.

돌나물김치

우리 어머니는 돌나물김치를 잘 담그셨다.
내가 가끔 그 말을 했더니
어느 초여름 맑은 날
아내가 돌나물김치를 담가 내 왔다.
나는 돌나물김치를 먹으며 그녀를 생각하다가
어머니를 생각하다가
문득 아내 얼굴 속에서 어머니 얼굴을 보았다.
사기대접에 파랗게 가라앉은 돌나물 잎새들
그 잎새 사이에 떠 있는 얼굴
어쩌다 겹쳐져서 돌나물꽃이 되기도 하는

축복

천지 사방이 나를
붙들어 주었기에
지금까지 나는 쓰러지지 않았다.
가다 서고 가다 서고
절벽을 걷듯 아슬아슬
인생을 살았지만
서툴게 삶을 건너다녔지만
너와 네가 나를
섬겨 주었기에
울화도 몰래 삭혔다.

암나사와 수나사

그녀가 투정을 부리는 날이면
내가 잠시 물러서고
내가 투정을 부리는 날이면
그녀가 잠시 물러서 준다.
우리는 서로 맞지 않아, 하다가도
이 세상에 아주 딱 들어맞는 것은
암나사와 수나사뿐이지.
그 음양의 합궁뿐이지 하면서 마주 본다.
그랬었다, 우리가 새파랗게 젊었을 시절에는
아무것도 아닌 걸로 자주 토닥거리기도
뜨악해져서 며칠씩 딴 방을 쓰며
괴로워하기도 했었다.
하지만 날카로운 심기는
서로의 은근한 눈빛으로 다시 부드러워지고
베갯머리로 돌아가면서 나는
꼿꼿이 되살아나는
아랫도리가 부끄러웠다.

눈물

나는 눈물단지나 봐요.

삶에 눈물 마를 날 있을까마는
그녀에게는 유독 눈물이 흔하다.
돌담 밑 난쟁이 제비꽃 속
어린아이 눈썹같이 매달린 꽃술을 보다가도
그녀는 눈물을 흘린다.
내가 신비로와 눈까풀을 까고 들여다보면
눈동자에 어려 있는 것 내 얼굴뿐인데
돌아서면 또 눈물이다.
실은 우리 어머니도 그랬다.
자식 열을 낳고서도 그랬다.
눈물이 마를 날 없었다.
독신인 아버지에게로 시집와 아이 열을 낳고서도
그 대단한 출산력을 품고서도
월식날 죽었다 되살아나는 달을 보다가
눈물을 흘리셨단다.
눈물 오 그 청량함이여

영원한 어머니

당신의 어머니는 무량한 광명입니다.
나의 어머니는 영원한 생명입니다.
당신 몸은 아픈 순간에도 의식체가 깨어있었습니다.
죽는 순간에도 깨어있었습니다.
그것은 광명이자 생명인 당신과 나의 어머니가
거기 머무르셨기 때문입니다.
거기 머물러 혼절한 당신을 깨워주었기 때문입니다.
당신은 죽음 같은 거 두렵지 않다고 하였지요.
몸은 죽어도 마음은 그대로일 거야
그대로 온 자리로 도로 돌아갈 거야
그 바다를 빛의 배를 타고 건너갈 거야
거만한 당신은 그런 말만 되풀이하면서
죽음 앞에서 떨고 있는 나를 재미있다는 듯 놀렸지요.
이 세상 모든 소리들이 살고 있는 천상계로도
지옥 아귀 축생들이 괴성을 질러대는 사바계로도
아주 자유롭게 다닐 수 있다 그랬지요.
그 향기로운 순간이 사람에게 있음을
나는 당신을 통해 알 수 있었습니다.
하지만 오오 당신은 오늘 내 곁에서 떠났습니다.

간다 간다 말없이 떠났습니다.
녹음 우거진 산과 바다를 건너
어머니인 당신은 영원한 모성으로 돌아갔습니다.

거리

그는 침대 위에
나는 그 아래
요즈음 우리는 그런 거리쯤으로 살아간다.
내가 장난스레
당신은 마음이 곧고 착하니까
죽으면 극락정토에 들어
향기만을 먹고사는 향적여래*로 다시 나고
나는 비뚤어지고 음흉해
지옥 불구덩이 뿔 달린 벌거지로 거듭날 거야, 그러면
한동안 침묵하다가
그의 손이 아래로 내려오며 아니야
그게 아니야, 하고 소리친다.
싸르르 깊어가는 밤하늘
별빛이 너무 좋아
창문을 열어 놓고
그와 함께 별을 보다가

* 향적여래: 유마힐소설경 향적불품에 나오는 여래. 위로 42항하사나 되는
  거리의 중향국에서 살았다. 그가 말을 하면 말이 향으로 변해 온 나라 구
  석구석으로 퍼져나갔다. 향이 누각이 되기도 했다. 땅과 동산과 숲은 온
  통 향기로 넘치고 음식은 향기로 만든 그릇에 향반香飯을 담아 먹고살았
  다. 香積如來.

작은 여울

산 개울에 달이 들어가
여울을 만들어 머물듯
그대와 나 이 세상 강물 속으로 흘러들어
작은 삶의 여울로 머물고 있네.
우리 서로 아파도 아프다 말하지 않기로 하자
그대가 먼저 약속했지.
너와 나
우리는 사금파리처럼 예리한 빛남으로
그 맑음으로만 살자고
하지만 그대는 날마다 아프고
아픈 그대를 보면 나도 아프고
우리가 만든 여울은 푸르게 푸르게 흐르지만
지등에 비친 등불같이 흘미하게
잠시 떠오르다 마는 기억처럼
흘미하게

장 담그던 날

아내가 장 담그던 날은
살구꽃이 만개했습니다.
단물을 울궈낸 물메주들을
그녀가 스테인리스 양재기에 퍼담고
나는 아직 덜 깨진 콩짜개들을 골라
짓찧기 시작했습니다.
더러 설악산 천불동 건들바람도 내려와 섞이고
동해 샛바람도 불어와 섞이고
툭 불거진 방망이 아랫도리가 젖어 질퍽거릴 때쯤
힘겨워하는 몸뚱이를 그녀가 받쳐주면
살구꽃도 한두 잎 그리로 떨어져 뒤섞였습니다.
나는 노란 개살구 맛을 떠올리며
어머니 얼굴을 보았습니다.
적삼 밑으로 젖봉우리가 내려와 자유롭게 놀던 그분
살구꽃은 조금씩 더 떨어져서 마당귀에 수북하고
그녀는 살구나무 아래서
살구꽃 하얀 꽃이파리를 받았습니다.
장 담그는 일은 아예 잊어버렸는지
두 손바닥을 하늘에 대고

첫 눈잎 같은 꽃잎을 받았습니다.
얼굴이 발갛게 달아오를 때까지

오징어배를 타던 날의 기억

오징어배를 탄 적 있었네.
아직 처녀이던 그녀를 뭍에 두고
나는 멀리멀리 수심 깊은 바다로 나갔네.
그녀 오두막집이 물이랑 가에서 찰랑대다
이내 자물시고
설악산은 강릉 강문바다 모래부리 진또베기 물새마냥
머리 몇을 밀어 올려놓고는
곤두박질치며 물 아래로 가라앉았네.
나는 뱃멀미가 심하게 나서
지상의 모든 것을 토해버렸네. 미안스레
그러나 바로 그 순간
동해가 지상의 모든 것을 삼켜버렸네.
지상의 모든 것이 동해에 가라앉았네.
하늘은 상현 조금 못 미친 달을 풀어놓고
새똥을 갈기는 듯
별들을 마구 흩뿌려대었네.
밤하늘 무한 천공은 금세 금강별보석밭으로 뒤바뀌고
나는 오징어 낚시 일은 잠시 접어둔 채
동해가 마련해준 연화보석 별궁에

그저 우두머니 앉아 있을 뿐이었네.
우두머니 그저

별거

너와 나의 만남은 아름다웠다.
하지만 지금은 별거 중
나는 네가 어디 있는지 알지 못한다.
너 또한 나의 소재를 알 수 없으리
실은 우리가 이 세상을 처음 시작했을 때에는
잠시 흔들리다 마는 풀잎 하나만으로도 충만했다.
그 깨끗함 하나만으로도 반짝였다.
나날이 너의 가슴이 부풀리어
우화 직전의 누에처럼 투명해지고
그리고 그것의 의미를 내가 깨달았을 때
나는 얼마나 네게 대해 신비로움을 느꼈는지
얼마나 애달파 했는지
그러나 그날 밤 그 일이 있고 난 후부터
너는 내 곁에서 멀리 떠나 버렸다.
더 이상 너의 밤은 나의 밤이 아니었다.
내가 나를 못 견뎌 하며
나에 대한 너 혹은 너에 대한 내가
더 이상 진실이
아니었음을 깨달았다.

갈대꽃

서강 방죽 둑에 갈대꽃이 피었습니다.
우리 집 뒤란에도 갈대꽃이 피었습니다.
갈대꽃이 피어서
늦가을 하늬바람 불 때마다
몸이 뒤집혀 은화살 무리로 몰려다닙니다.
몰려다니다가 떨어집니다.
그는 앞마당에서 갈대꽃술을 받습니다.
화엄밭 하늘에서 내려오는 은화살을 받습니다.
한 모금 적요를
우리 어머니가 고추밭에서 고추를 따 모으던
홑이불로 하늘의 말을 받습니다.
맨 마당 흙밭에 홑이불을 펼쳐놓고
두 손으로 허공을 떠서 담습니다.

비를 좋아하는 사람

우리 그 사람은 비를 좋아합니다.
비 오는 날이면 비를 봅니다.
서서 보기도 앉아서 보기도 합니다.
빗소리를 듣기도 합니다.
그러니까 듣다가 보다가 합니다.
허공에서 떨어지는 물방울
눈부신 하늘의 아이들과 한참을 그렇게 합니다.
비는 마당에 떨어져 꽃떡 같은 물무늬를 일으킵니다.
오가피나무이파리를 건드리며 톡톡 뛰어다닐 때는
재미있다는 듯이 나를 불러
이리와 저것 좀 보아요. 하고는
어린애마냥 마당으로 나가 비를 맞습니다.
발걸음을 옮길 때마다
물무늬가 동그랗게 떠올라 따라다니고
나도 덩달아 그녀 뒤꿈치를 보며 따라다니고
그런 날 밤이면 우리의 이부자리는
말없이 촉촉이 젖습니다.
젖어서 다홍 무늬로 피어납니다.

내가 모를 일

그 사람 나 모르겠네.
같은 지붕 아래서 한 사십 년 살아보았으면
알기도 하련만
그 사람 마음 나 모르겠네.
우리 서로 만나 눈빛 건네며
몸 맞대기 얼마였는가
하지만 오늘 나 모르겠네.
깊은 강에 초생달 들어가 꽂히듯이
내가 그에게 내려가 따뜻이 꽂혀 있을 때에도
도무지 모르겠네.
우리 서로 그만큼 살아왔어도
그 사람 마음 색깔 어떤지
그 사람 마음 깊은 곳에서 무슨 일 벌어지고 있는지
알지 못하겠네.
봄바람 불면 왔다가 장마 끝에 가버리는
설악산 뻐꾹새처럼
뻐꾹새 날아간 하늘 자락처럼
나 모르겠네.

이쪽과 저쪽

그는 이쪽
나는 저쪽
이쪽과 저쪽의 아슬한 벼랑 끝
살아오며 우리도 거기까지 간 적 있다.
그 사나운 회오리바람 속을
홀로 보다 서로가 얼마나 더 험악하던가
폭풍처럼 몰아닥치는 노기를 가눌 길 없어
벌레처럼 몸을 꼬불어뜨리고
밤을 지새운 적은 몇 번이던가
하지만 날이 가고 달이 가서
벼랑길을 되돌아 내려오며
슬슬히 저무는 황혼을 바라보았을 때
회오리는 살랑바람
노기는 미소로 바뀌던 것을
우리 더 이상 그 벼랑까지 가지 말자 했지.
아니, 그보다는
네 깊은 곳으로 내가
내 깊은 곳으로 네가
다만 몇 걸음이라도 더 걸어 들어가 보자 했지.

너와 나,
풀잎 이슬에 담겨 반짝거리는
아침 첫 햇살처럼 부시게는 아니더라도
그 이쪽과 저쪽에 가만히 서서
바라보는 것만으로도 절로 기쁨 솟는
그런 도반으로

토담집

당신이 살던 옛집은 토담집
청간 황토 언덕배기에 있었지.
천장을 쳐다보면
서까래가 훤히 드러나 보였지.
터벌어진 벽틈 엉성한 빗살문 창호로
들이치던 냉기,
비바람만 겨우 피했지.
어머니는 명태 팔러 서울 가시고
밀가루 반데기를 뜯어 넣으며 아버지는
올망졸망 아이들 눈동자만 들여다보았지.
아직 어린 당신은 횟배를 앓고
아픈 배를 움켜쥐고 쪼그려 앉으면
겨울 동해가 새파랗게 질려서 밀려왔다 했지.
곰팡내 코끝에 매캐하던
달피꽃 내음 그 토담집
한쪽 집귀가 내려앉기를 몇 차례
호롱불 아래 그곳에서
당신은 자라 어른이 되었지.

소녀가 되었지.
엄마가 되었지.

하얀 길

새벽마다 아내는
청호동 간다.
아내의 청호동 길은 하얗다.
하얀 뱃길이다.
그 하얀 길을 그리며 청호동으로
괴롭다 한마디 말도 못하고서
아무도 건드리지 않은 미답의 숲에
겁 없이 그가 최초의 길이 되어 들어선다.
싸르륵 싸르륵
밤새 눈이 와 축복으로 가득한 세상을
나는 꿈속에서 만나고
그는 몇 푼 벌이 막노동으로 만난다.
흘미한 등불 쥐 울음 곁에서
더욱 굽어 파인 어깨
혹은 고독
하지만 그의 노동은
청어등비늘처럼 싱싱하다.

청호동 아내의 길은
노동의 겨울 뱃길

쇠뜨기꽃

아내와 새벽길을 걷다가
쇠뜨기꽃을 보았네.
우리 아버지 젊었을 때
허리춤에서 가끔 꺼내어보던 곰방대 같은 것이
하늘하늘 동해 봄 바람결과 놀고 있었네.
방금 돋아 쑥스러워하는 쑥이파리가
쑥스럽게 만들어놓은 파릿한 공간에
몸을 내맡기고 있었네.
샘물 퐁퐁거리는 너른 벌
동쪽으로 살짝 기운 밭둑 언저리
꽃 같지 않은 꽃 쇠뜨기꽃 아버지 꽃이
피어서는 오래오래 남몰래 살아왔었네.
봄이면 달콤한 산고를 치르며
무시간의 깊은 고요를
그쯤으로 살았었네.
하늘 잎새엔 아직 찬 기운이 묻어 있으나
동해 봄 바람결이 너무 간지럽다 간지러워, 하면서
우엉꽃도 친구해 덩달아 피어서
잎보다 먼저
꽃둔부를 휘휘 내어 흔드네.

어떤 새벽

아내가 입원하던 날
나는 시를 씁니다.
새벽까지 시를 쓰며 아내를 기다립니다.
눈을 감아버리면 내 품에서 그녀가 달아날까 봐
말뚱히 깨어 그 일을 합니다.
아내와 밤을 멀리 떨어져 그 일을 하니
입술이 깔깔합니다.
입술이 깔깔한 시가 나를 쳐다봅니다.
나는 시를 쓰고
아내에게는 아무 일도 일어나지 않았습니다.
깨끗한 그대로입니다.
아니 깨끗한 그대로였음 좀 좋을까
하고 생각합니다.
그러나 지금 아내는
영랑호반 병동 308호실에 누워 있습니다.
링거 주사기가 그의 살을 파고 들어가고
그의 핏줄은 맑은 피가 아니라
찌리한 소금물을 받아먹고 있습니다.
눈물방울이듯 떨어지는 물 알갱이를 받아먹고 있습니다.

이럴 때 동해 새벽 햇살은 꼭 정충 같습니다.
정충이 쏟아져나와 설악산 계곡을 헤엄쳐 다닙니다.
그때까지 나는 쉬지 않고 시를 씁니다.
앞마당 개살구나무는 이 세상이 너무 좋다고
가지마다 가득히 꽃망울을 달고 나왔지만
그 사람은 돌아오지 않고
나는 엎드려 뼈 소리가 나는 시를 씁니다.

서낭당 아래 청밀밭

꾀꼬리 울음소리 들릴 때면
서낭당 밭 청밀이 팼다.

인동꽃 피고
싸리꽃 피고
나래새도 모가지를 빼내어 휘휘 흔들고
천도복숭아가 엄지손톱만 해지고

모살이 막 끝난 논배미에서는
큰덤불해오라기가 먹이를 찾느라
벼포기 사이를 뒤지다가
내 눈에 들키어 얼른 포복하고

멧꿩들을 기르며 청밀밭
청포두루마기 옷깃빛으로
거기 그쯤에 서서
서낭당 그늘을 밝혔다.

그가 손을 넣어

청밀이삭을 올려 밀고 있는지
청포두루마기 옷고름을
한꺼번에 풀어내고 있는지

그 나무

산에 가득 안개가 차오를 때
나는 너를 만났다.
너는 쓰르라미 울음 끝에 와 있었다.
날개를 물고 있는 나뭇잎 끝에 와 있었다.
천 리 밖으로 떠나와 그려보는 너,
너는 이 새벽
달뿌리풀잎 끝에 달처럼 떠올라서
안개 숲을 넘나들고
내 눈시울에 닿아 한 마리 납지리가 되었다.
나는 그 나무 아래 손을 모으고 앉아
측은히 너를 건너다보았다.
너의 은밀한 부분
그 지순했던 새벽과
파르란 목덜미
네 영혼이 드나들던 숨결
봉긋한 가슴 언저리
배꼽 아래 뜨거이 살꽃 부비는 소리까지를
나는 느낄 수 있었다.
오 달뿌리풀잎 끝으로 오는 그대여
천 리 밖 대문 소리여

태풍 끝나고

태풍 끝나고
새로 생긴 여울을 맨발로 건넜다.
개샘이 만든
새파란 여울
아래 막 피기 시작한 구름 목화송이
발에 밟혀 색종이처럼 구겨졌다.
둑길에 올라서서 뒤돌아보니
하늘 한 귀퉁이가 망가져
핏물이 붉다.
그 아래 풀피리를 물고
너는 혼자 저쪽 길로 돌아서 나가고
나는 빈손을 흔들며
이쪽 길로 막 돌아서고

당신에게 드리는 예물

나는 오늘 자그만 예물을 준비했어요.

당신이 시집올 때

겨우 금가락지 한 쌍을 예물로 하였기에

그걸 생각할 때마다 나는 괴로웠다오.

더욱이 그것마저 단 3년을 지니지 못하고 팔아야 했지요.

그런데 오늘 나는 당신을 위한 예물을 준비했소.

언젠가 내 진리의 형제에게서 받아

들킬까 내 마음 곳간에 가만히 숨겨온 이것을

당신에게 꺼내어 드리기로 했지요.

이것도 실은 작고 보잘것없어요.

구겨지고 좀이 슬어 상처투성이가 되었을지도 모르겠어요.

하지만 이걸 받자마자

수많은 생각의 향기가 당신을 채울지 누가 알아요.

오색 찬란한 구름꽃이 당신을 채울지

여보, 우리 세월 바꾸기를 몇 번이었지.

새벽부터 늦은 밤까지 빈방을 지켜 앉기는 또 얼마

우리의 삶이 빈껍데기라 해도

태어남도 죽음도 없는 영원한 것을 향한
우리의 갈구가 덧없었다 해도
받아만 주어요. 내 보배인 이것,
당신과 내가 만든 저 기억의 보물 상자인
이것을!

각시붓꽃 피었던 자리

각시붓꽃 피었다 진 자리
떡갈나무 잎새 사이
자줏빛 흔들림은 흔적 없이 사라지고
허공집만 둥그레 해

안됐는지 빈 꽃대궁이 나와
하늘 벽을 툭툭 쳐본다.
툭툭 붓장난을 하고 있다.
파안하듯 지웠다가 치고
쳤다가 다시 지우고

아무것도 안 남아서
오히려 깨끗이 환한 벽

처가

나는 처가가 없습니다.
처가가 없으므로 처가엘 갈 수가 없습니다.
그보다는 처가가 있기는 하나 갈 수가 없습니다.
찾을 수가 없습니다.
북쪽에 있기 때문입니다.
함경북도 성진 그곳이 내 처가가 있는 곳입니다.
개마고원 별밭 아래 그곳이 내 처가입니다.
그곳에서는 저녁이면
해마가 하품을 하며 육지로 올라왔다 합니다.
파란 공기가 떠 찰랑대기도
바다에 떨어진 별들을 청어들이 주워 먹기도 했다 합
니다.
저녁 무지개를 앞세우고
우리 빙모님이 버선발로 걸어오십니다.
모시치마 선 같은 능선 너머로
그분이 오십니다.
꿈속 길로 그분이 와서 우리를 맞습니다.
아니 우리가 그분을 맞습니다.
눈을 감고 있으면
그분의 치마 울림이 들려옵니다.

장마 오기 직전의 하늘

장마 오기 직전
해 뜨고
바람 불었다.
강물로 올라온 깝작도요새 새끼
물가에서 깝작대다 날아간다.
가엾어할 사이도 없이 봄은 가고
방죽둑에는 달맞이꽃이
샛노란 둔부를 드러냈다.
비릿한 내 야성이여
호미를 든 촌부가 못 본 척
뒤뚱뒤뚱 지나간다.
설악산에서 동해까지
구름 한 점 없다.

물 안의 아내

지는 해를 등에 지고서
논배미 속에 들어앉은 산을 본다.
참 큰 산
아내가 눈짓으로 날 부른다.
잠시 묵상 중
산의 부활!
봉우리에 황금 깃을 한 구름 송이
간지럽다, 아픈 산
물을 담은 논배미는
설악산을 담은 눈동자다.
나는 물 안 아내 눈동자에
들어가 있다.

초례청

차일 아래 촛불이 가야금 소리를 냈다. 대례상에는 솔 가지와 대나무 밤 대추가 향그럽고 맑은 물 한 그릇과 거기 담긴 고요. 수탉은 푸른 보자기에, 암탉은 붉은 보자기…. 잠시 침묵,

떠오르지 아내야. 길게 집사가 홀기를 부르자 안방 띠 살문 열리고 열두 새 광목 홑청 사뿐사뿐 밟고 갓 스물 너는 신부가 되어 걸어 나왔다. 청사초롱 앞세워 꽃고무신 치마 끝을 채일 듯 한삼 늘어진 너는 손이 길었다. 초록 삼회장저고리 다홍 오색 활옷 원앙문 대대大帶가 시리고 청황홍 끝동 소맷부리도 시리고 틀어올린 쪽머리 옥색 비녀 칠보 마노 족두리 구슬들은 너를 이 땅 아니라, 별천지 사람이게 하던 것을. 그랬었지. 오로지 나를 향해 사뿐 거리던 신부야. 연지 곤지 얼굴이 수줍어 감으레하던 갓 스물 눈빛
수모 부축받아 신부인 너는 두 번 큰절하고 너를 보며 한 번 절한 나는 화강청강석 나비사모 자단령과 목화 용문관대가 쑥스러웠다. 하지만 너는 나에게 술을 부었다. 아니 백자 화병 기울여 시자가 따른 꽃잔술 받들어 나에

게 건네었지. 떨리며 조금씩조금씩 허공을 건너 찰랑거리던 너의 그 홍매꽃 술잔. 그걸 받아 한 모금은 땅에 한 모금은 입술을 적신 후 나도 네게 술잔을 건네었지. 두근거리던 그 순간 아내야 너는 그 술잔을 꽃잎 같은 입술 두 장 구겨 넣어 다 비웠다.

그리고 다시 두 번 큰절 나는 꿇어 엎드려 한 번 절한 후, 이번에는 청실홍실 표주박주를 너는 내게로 나는 네게로 서로 엇바꾸어 혀끝에서 굴리니 하늘물과 땅물 합수 소리 비로소 들렸다. 반쪽인 너와 반쪽인 내가 둥그런 달항아리 하나로 흐르던 소리. 아내야 그 떨림 잊은 지 너무 오래였구나. 차일 아래 촛불 타는 소리를. 열 폭 병풍 십장생들의 노님을. 천지사방이 오색 활옷 너울로 차오르고, 너와 나 인연 줄은 그렇게 얽혀들었는데,

아내야 갓 스물 너와 갓 서른 나의 첫 삶의 얼레 줄은 그러나 크게 어긋나지는 않았다. 나의 신부야, 웃마당 감나무 잎새가 반쯤 떨어지고 더 떨어지려던 그해 늦가을 낮

저녁 강가

강가에 앉아 지는 해를 봅니다.
당신은 강물
그대 안으로 해가 걸어갑니다.
그대는 걸어가는 해를 껴안고 길게 누워 있고
나는 당신을 들여다봅니다.

당신은 최초의 생명이었습니다.
생명을 잉태한 어머니였습니다.
나뭇잎에 부니는 물방울 소리였습니다.
당신의 몸에서 나는 그걸 봅니다.
당신의 향그런 몸내음에서 나는 그걸 느낍니다.
잉태의 순간 그 떨림을 느낍니다.

당신은 미진일 수 있습니다.
실안개일 수 구름일 수 오로라일 수도
파도날을 뛰어오르는 햇숭어 새끼일 수도
하지만 지금 당신은 내 앞에서
어머니 명주 목도리처럼 길게 누워 있습니다.

별과 반디와
지겟문으로 내어다보는 초생달과
도꼬마리풀 그림자를 안고서

호롱불

어느 날
별이 별 아닌 것으로 보였다.
별 아닌 것으로
아내와 함께 아버지 제사 보러 가던 날
별이 별 아닌 무엇으로
하늘에서 누가
호롱불을 내어 걸고 있는 것으로
별이 별 아니라,
하늘 호롱불로

사주

창호지를 다리어 아들애 사주를 쓰며
내 사주를 펼쳐보았네.
다홍 비단 보자기 귀를 열자
삼십여 년 저쪽의 또 하나 내가 거기 누워 있었네.
청실홍실 실타래 둥글게 엮어
싸릿대 두 쪽을 배를 맞대어
한 몸으로 묶은 아래, 근봉謹封
피봉이 아직 깨끗하네.
장롱 깊이 누운 그와 나
이것 때문이었구나
몇 차례 매찬 고비 휘몰아치는 광풍을
막아준 것은 실로 이것!
그분들은 지금 이 세상에 안 계시지만
삼십여 년 저쪽의 우리 아버지와 어머니 눈길이
문득 나를 스치며 지나가네.

다섯 칸 접어 외줄
아들애의 사주
새파란
새파란 우주

출생기

1950년에는 전쟁이 있었다.
아내는 그해 초가을 산
마포강 고개 너머 만리동 초막이 그녀가 출생한 곳
그날은 유난스레 폭격이 심해
새벽 포화 불바다
시뻘겋게 솟구치는 불기운을 홑이불로 가리고
우리 빙모님은 그 핏덩어리를 낳았다 한다.
처음 이 세상에 나오는 순간 축폭 아니라
천지에 가득히 포탄 터지는 소리!
아이 어머니가 잘 먹지 못했으나
삼신할머니 덕인지 젖은 많이 내려
새 졸가리같이 바싹 마른 고것이
토실토실 잘도 영글어갔다고
아내가 첫아들을 순산한 날 저녁에
이상스런 그 출생기 한 토막을
우리 빙모님이 들려주셨다.
달랑대는 외손의 고추를 들어 보이고는
그래도 젖 빠는 힘은 대단했지,
라시며

※ 아내는 전쟁둥이. 이 해 음력 8월 20일 새벽 4시에 태어났다. 포연이 자욱하던 날이었다. 만리동 초막은 그녀 생가. 빙모님 말씀에 따르면 진통 속에서 탱크의 캐터필러 소리와 검은 군대들과 총소리에 몸서리쳤다 한다. 시체가 즐비한 위로 물새가 유유히 날아다녔고, 태는 태워 마포 한강 나루에 흩뿌렸다 했다.

푸른 빛 푸른 세계

바깥에서는 입구요
안에서는 출구인 당신
나는 당신을 통해 눈부신 푸른 빛 푸른 세계를 본다오.
숭고하고 장엄한 그 수레를 본다오.
불안한 나는 당신을 통해서만
볼 수 있다오. 안으로 끝간 데 없는 길이
밖으로도 한량없는 길이
신비로이 잇닿아 열려 있다는 것을 알 수도 있다오.
당신을 통해서
아이들을 만들었지, 당신
무지로부터, 욕망으로부터 나를 풀어버리고
고요하고 아주 평온한 그 모성을 깨달으라
네 정수리를 깨달으라, 라고 했을 때
정말 무지했던 나는 당신 얼굴만 바라보았지요.
비웃음 치며 바라보았지요.
그러나 어쩌다 나는 알게 되었지요.
출구인 당신을 지나 이 생을 걸어가며
입구인 당신을 지나 저 생도 걸어보며
생과 사의 사슬로부터

빠져드는 어리석음으로부터
초월하는 방법도 알 수 있었지요.
가끔은 알 수 있었지요.
당신, 오오 당신의 눈동자는
하늘의 무구한 눈동자이니.

봄눈 내린 다음 날

봄눈 내린 다음 날 봄볕을 쬡니다. 실버들처럼 가늘어도 봄볕은 따스합니다. 처마 밑에 나란히 서서 아내와 나는 그 볕살을 쬡니다. 봄볕살을. 봄볕살은 동해를 지나오느라 파란 햇파도결이 묻어 있습니다. 햇파도결이 묻어 파래졌습니다. 우리는 파란 게 묻은 그걸 받아먹습니다. 청매실 맛입니다. 개살구나무 빈 나뭇가지들이 처마 아래 나란한 우리를 내려다봅니다.

아내는 봄볕 맛있다 하며 얼른 간장독 망사를 풀어놓습니다. 숙성해 까매진 간장 얼굴이 드러납니다. 봄 하늘이 얼른 그 속으로 들어갑니다. 개살구 빈 나뭇가지도 얼른 그리로 뛰어내립니다. 간장독 안은 금방 딴 세상이 됩니다. 봄햇살이 장난쳐 금방 파란 딴 세상을 만들어 놓았습니다. 아내도 파란 그리로 내려가 이쪽 세상을 올려다봅니다. 그쪽에서 다투어 들어가는 봄볕살을 손질해 이쪽으로 다시 내보내며 봄 바다를 그리워합니다. 둥글고도 끝간 데 없이 깊고 환한

봄눈이 봄볕에 닿자 맥없이 녹습니다. 눈에 파묻혀 있

던 간장독이 불룩하게 아랫도리를 드러냅니다. 배꼽을 내밀고 파안대소하며 북명을 향해 걸어가 들어가는 달마(?). 낙숫물이 떨어져 뽀글거리며 키득거립니다. 물방울이 뛰어올랐다 떨어졌다 야단입니다. 휙휙 어디서 나왔는지 까치런 텃어치도 마당을 돌며 야단입니다.

홀로 타는 사랑

어둠 속에서 당신은
홀로 타는 사랑이다.

나뭇가지에 지새는 새벽별
가로누워 흐르는 산능선이다.

홀로 깨는 겨울강
파도 거친 바다다.

방울토마토

방울토마토야
너는 홍등가 붉은 색등 같구나
익어가며 내어 뱉는 방울토마토 살빛이
수평선 물너울을 밀고 떠오르는 동해 아침 해같이
기가 막힌 연출을 해
내가 혼자 중얼거리고 있는데
언제 다가왔는지
우리 그 사람이 볼을 붉히며 서 있었네.
내 곁에 서서
볼빛이 불빛 되어 달아오르고 있었네.
안에 비밀스러운 햇덩이를 감추어두었다가
가끔씩
본색을 내비치기라도 한다는 듯

갑자기 문이 열리면

갑자기 문이 열리면
어머니, 나는 어찌하나요.
수많은 보물을 보며
내 무의식의 창고에 내가 닿아 파닥일 때
그 놀라움을
내 전생과 우리 식구의 과거, 우리 가문의 과거와 인
류의
인간 이전의 온갖 물상들과
그 삶의 기록들을 다 찾아 파헤쳐 드러내 본다면
이 일을 어찌하나요. 그 놀라움을
오 나는 풀잎에서 왔구나! 풀잎을 건너 꾸물거리는
독충에서 왔구나!
동그랗게 눈을 부릅뜨고 처녀의 몸에서 왔구나!
어머니 이 일을 어찌하나요.
우리의 조그만 방을 기억하나요.
그 푸른 날 푸른 비늘들을
호미에 찍혀 하늘거리던 콩잎 바람 소리를
그때 어머니는 꾸리에 실을 날라 베올을 짜시고
그 베올을 시냇물에 헹구었지요.

베올의 하얀 배가 투명해질 때까지 헹구고 또 헹구었
지요.
그러나 어찌하나요. 이 일을
갑자기 찾아낸 내 과거의 수많은 부끄러움들을
오 나는 지금까지 바르지 못한 길을 걸어 왔구나!
하지만 몸이 쪼그라들고 허물어져서
더는 게으름을 피울 수가 없으니 어찌하나요.
어찌하나요, 어머니
그 순간 마음의 길이 당신이 오고 간 길이
탁, 하고 열리던 것을

너와 함께라면

너와 함께라면 말을 줄인다.
말을 줄여도 옹근 말이 된다.
그 말 줄임으로
눈부신 네 안으로 들어갈 수 있고
향그런 네 마음을
내 몸 안에 담을 수 있다.
그 말 줄임이 말 없음으로 바뀔 때
네 육신은 오히려 투명하게 열리고
무수히 많은 몸의 말을 듣게 한다.
내가 네게 보낸 침묵이
몸의 말 없음이
네 어디 여리고 여린 곳에 고여
향그런 꽃향기로 다시 피어오르는 건가
가령 동자에 고이는 이슬이거나
가슴에 사는 두근거림 같은 것으로
하지만 놀랍게도 그것은 피어올랐고
네 앞에 선 나는
그 말 없음이 네가 내게 전할
최후의 말임을 깨닫는다.

새아기

우리 새아기가 시집오던 날은
날씨가 순해
입동 지났어도 봄날처럼 따스했다.
날씨 여리게 해 달라 부탁한 말
하늘이 들어주어서일까
새아기 성정이 순해
하늘이 여린 날을 내려 주신 걸까
햇살이 너무 눈 부셔
설악산 대청봉이 활짝 피어나고
삼동 문밖에는 겨울 장장이꽃이
속잎을 드러내고 웃었다.

여우불

들불을 놓는다.
그는 불주머니를 만들어 불씨를 담아 나르고
나는 검불을 모은다.
습도 제로의 검불은
불살이 닿자마자 푸지직 하고
최후의 비명을 내지르고 사라진다.
푸지직 푸지직
불 놓은 자리마다 새까맣게 타들어 가는 비명소리
봄볕이 금강 유리알처럼 맑아서인가
불꽃은 사라지고 비명소리만 들린다.
아하, 여우불!
불살이 볕살의 무한한 공간 속으로 빨려 들어가
실상 아니라
새까만 불자욱만 이리저리 옮아 다닌다.
밭둑 논둑 온 들판은
마침내 여우불 발자욱 천지
불기운에 놀라 까마귀들이 하늘 높이 날아오른다.
마을 사람들 불구경 나오고
그와 나도 잠시 손 놓고 불구경한다.
나른한 봄 한나절 논둑 어귀

새벽 달항아리

동해 하늘 처마 아래 저 불길
앵속 향 같은 울렁임을
더 이상 무어라 말하랴
둥글고도 환할 뿐이다, 아내여
환한 달항아리일 뿐이다.

그녀 가슴에 도는 아지랑이

그녀가 생활에 열중할 때
나는 강과 구름 사이를 떠돌았다.
내가 들판을 향해 걸어가면
그녀는 밭머리에서 목말라 하고
그녀가 집을 붙들고 안간힘을 쓰는 동안
나는 먼 산과 마주해
고개를 끄덕였다.
하지만 하나둘 아이를 낳아 기르며
우리 무지랭이 그녀는 조금씩 세상 눈을 뜨고
장바구니로 인생을 저울질하며
더듬더듬 삶을 말하기 시작했다.
나는 당혹스러워
처음에는 어리둥절했으나
어눌한 말끝으로
가끔씩 섬광 같은 비침 있어
문득 놀라기도 했다.
잎 틔우는 이 봄날
세상이 너무 고요로와
잠든 그녀 앞가슴을 가만히 열어보니

아직 물기 머금은 젖봉우리에는
아지랑이가 돈다.

유리보석

태풍이 오던 날
그는 고요했네.
나는 두려워서 몸을 떨었으나
그는 무풍지대 한가운데로 나가 앉아 있는 듯
침묵이었네.
어느 가을 한낮
풀잎이 그러하듯 침묵이었네.
꽃 속처럼 그의 정신이 맑아져서 그럴까?
그의 손은 부드럽고
그의 목소리는 위아래가 없었네.
그의 일월은 사방에서 빛났고
그의 색신은
맑디맑은 향기로 넘쳐 있었네.
아무도 그의 세계를 탐할 수 없었네.
그 날 내가 느낄 수 있었던 것은
그의 입술조차
투명한
유리보석이었다는 것이었네.

그 사람 마음이 급하게 움직이니

오늘은 그 사람 마음이
급하게 움직인다.
이럴 때 나는 어쩔까?
바람 불고 눈이 온다.
동지섣달 함박눈이 온다.
그 사람 마음을 끌어당겨 엿보는 이 있는가
그 사람 몸을 끌어당겨 괴롭히는 이 있는가
그 사람 마음이 급하게 움직이니
눈이 오고
바람 불고
유리창에 오죽댓잎파리 성에꽃이 피어난다.
그의 마음이 급하게 움직이는 이런 때에는
뒷짐 짓고 홀로 동해에 나가
멍석처럼 말려 굽이쳐 올라오는 파도 이랑을 바라보거나
구멍 난 조개껍질을 주우며
흰 모래알이나 밟아야 할 일이다.
그 사람 마음이 급하게 움직이는
이런 무서운 날에는

노랑만병초꽃

우리 빙모님 사시던 함경북도 성진 집은
백두산 꽃집이었습니다.
우리 빙모님 말씀에 따르면
백두산 꽃들이 하도 많아
백두산 꽃향기 속에서 신혼 시절을 보냈답니다.
고희에 이르신 우리 빙모님은 지금 백발이신데
그 꽃 이름 좀 알려달라 조르면
그동안 간잎이 모두 말라버리기는 했으나 하시면서
두런두런 그 기이한 꽃 이름을 주워섬겨나갑니다.

큰오이풀꽃 구름국화꽃 가지들꽃 애기금매화꽃
하늘매발톱꽃 구름송이풀꽃 노랑만병초꽃 두메양귀비꽃
비로용담꽃 백두산패랭이꽃 분홍반월꽃….

듣기만 해도 코끝이 매캐해 오는
백두용암대지의 꽃들을 줄줄이 주워섬겨갑니다.
아내를 낳아주신 우리 빙모님은 그 가운데서도
노랑만병초꽃을 제일 좋아했답니다.
내가 다른 꽃들이 들으면 어쩌려구요 하면

저 안악 고분 벽화 속 고구려 여인 같은 미소로
그래도 노랑만병초꽃이 제일로
좋다네, 합니다.

조양동 새마을 단칸방

우리 신혼살림 집 그곳
조양동 새마을 단칸방
동해 파도가 무섭게 치던 산비탈 그 집
다리 오그리고 벌레처럼
살았었다. 세상을 방안에 가두어놓고
그와 나 첫아기 낳아 기르며
공중변소에 탑처럼 쌓여 올라오던 똥 덩어리
새벽이면 산불처럼 번지던 빈대 떼
하지만 우리는 살았었다.
살림은 모두 합쳐야 알루미늄 궤짝 하나
그와 나 주고받던 눈길만이 아련하였다.
소나기 그치고 난 후 강모래이듯
깨끗하였다. 실로 깨끗하였었다.
서로는 서로에게 빛이고 그늘일 뿐
군더더기 없이 그저 살았었다.
나는 그에게로
그는 나에게로
맨몸으로 살았었다.

산

여자는 산이다.
그리움을 향해 몸부림치는 봉우리 둘
비탈에
나
한 백 년 물결이고 싶다.

두루거리상 바닥의 물고기

우리집 식구들은 끼니마다
두루거리 밥상머리에 모여 앉습니다.
남녘 머리에는 아들애
북녘 머리에는 그
서녘 머리에는 새아기
동녘 머리에는 나
그리고 한쪽은 비워두고
(딸애가 집을 떠났으므로)
공복의 얼굴 넷이
세 뼘 작은 두루거리상을 중심으로 마주합니다.
우리들이 각자 저들의 색신을 공양하기 전
먼저 하는 일은
그 두루거리상 바닥을 들여다보는 것입니다.
그곳에는 물고기 한 마리가 노닐고 있습니다.
수로 허황옥 황후 비각의
승만勝鬘부인의 나라 인도 아요디아의 물고기 문양 같은
나뭇잎 물고기가 자유로운 유영을 합니다.
수궁 안 보장엄 동산 음악 나뭇가지 사이에는
새벽 빛살이 머물다 튕겨 나가고

우리는 잠시 아침밥의 기쁨을
그 기적의 물고기와 나눕니다.
승만勝鬘부인의 나라 아요디아의
승만경 묘음妙音을 따라
툇마루에서는 풋바심 양식이 톡톡 튀어 오르고
공복의 얼굴 넷은 저마다 등초롱이 되어
그 물고기를 비춰봅니다.

좀싸리꽃

밭고랑에 풋내음 감돌고
콩꼬투리가 뾰족해지면
아파 영 넘어간 그 사람
다시 영 넘어온다 그랬다.

휘파람 불며 그가 돌아와
바다를 바라보는 동안
좀싸리꽃은 꽃 진 자리마다
좀싸리 열매 매달고

그의 얼굴은 늦가을 풀잎처럼 젖어
젖어서 운다.
우리 처음 만났을 때도
자글히 콩꼬투리가 익어

기다리지 않아도 산에 당단풍 들고
하늘이 파도에 닿아 자운영빛깔로 넘실댔다.
그가 바라본 곳도 아마 그쯤이었겠지.

그쯤에 머물렀던 눈길
지금은 아니어도
그가 바라보는 동안
좀싸리꽃은 다시 진다.

홀로 손님

나는 이발소에 안 간다.
머리를 그 사람이 깎아주기 때문
그 사람은 오로지 나를 위해 이발법을 배웠다.
그 사람 이발 손님은
내가 유일하다.
나는 그 사람의 홀로 손님
홀로 복락에 겨웁다.
그 사람이 엄지와 검지로 이발 가위를 잡으면
손은 어느새
우화를 끝낸 노랑나비의 첫 날갯짓처럼 변해
봄날 장다리밭을 스쳐 지나간다.
바스락바스락 내 머릿결을 밟으며
미묘한 날갯짓 소리
가위 소리 지나간다.

꽃융단

우리 딸애 시집가던 날
벚꽃 졌다.
배꽃 홍매화 으름꽃은 피었는데
너무 작아 보일 듯 말 듯한 탱자꽃도
잎새에 꽃눈을 달고 나왔는데,
벚꽃은 떨어져
세상이 꽃융단으로 변했다.
사뿐사뿐 발걸음
미쁜 발걸음 짓

꽃융단을 밟고서 우리 딸애는
경주 남산골
신라 청년을 따라갔다.

젖

아내가 첫아기를 품고 젖을 먹일 때
물끄러미 그 광경을 지켜보면서 내가 말했다.
이 세상에서 가장 아름다운 순간은
바로 이 순간
당신이 아기에게 젖을 물리고 있을 때요, 라고

그의 젖이 통통히 불어 있고
아기가 젖살에 코를 들이박으며
젖꼭지를 물고 배냇짓을 치고

그러나 대엿새나 지났을까
그의 젖은 더 이상 불지 않았다.
그의 젖샘은 마르고
플라스틱 젖병을 사다 고무 젖꼭지를 입에 물리며
나는 더 이상 젖 물린 그의 모습을 볼 수 없었다.

이 세상에서 가장 아름다운 순간을
나는 그쯤으로 행복하게 끝을 맺었다.
'실은 나도 일찍 젖이 떨어져

중학교에 들어가서까지
할머니 빈 젖을 만지작거리며 놀았다.
쪼그라들어 앵두씨 같아진 꼭지를 물고
쿵쿵거리기도 하면서'

모과 한 알

내 서재에 어느 날
아내가 모과 한 알을 갖다 놓았습니다.
울퉁불퉁 송기떡 같은 못난이로
나는 이놈을 아내를 대하듯
아침저녁 들여다보았습니다.
달포나 지났을까?
외출에서 돌아온 나는
홀연히 날카로운 향내에 아득해지고 말았습니다.
향내가 방안 구석구석
흐트러진 내 어두운 책갈피

지용의 백록담과 라다크리슈나의 우파니샤드와
원효의 금강삼매경에까지 가서 맴돌았기 때문입니다.
잰걸음 짓 치는 햇병아리들 노란 몸짓으로

하지만 가만히 살펴보니
모과 귓볼이 썩어가고 있었습니다.
썩는 몸이 너무 아파
가쁘게 숨결을 내어 뿜고 있었습니다.

나는 문득 내 목덜미를 쓸어내리다가
돌쳐서서 봉당 낙수받이 모래 결을 굽어보다가,
내가 죽어 뿜어댈 내음을 생각해 보았습니다.

어떨까? 한 40여 년
설악산 대청봉 구름밭에
발 한쪽 들여놓아 보긴 했으나

얼레지꽃

설 쇠러 딸애가 왔다.
머지않아 혼인날,
그 애에게는 이번이 집에서의 끝 설
스물일곱 번째다.

올해 새 사람으로 첫 설을 맞는 새아기와
별난 남정네를 만난 후 서른 번째 설을 맞는 아내와
모여 앉아 만두를 빚으니 셋 모습이
설악산 얼레지꽃잎 같다.

얼레지꽃잎 벙글리는 것으로
'미아가 된 적 있었지. 사슴처럼 이마에 뿔이 난 적도
엄지손가락을 빨아 버버리 장갑을 씌워놓기도
광불이*에 갔다가 땅벌에 쏘여 혼나기도
길 떠날 때는 차 조심하라 먼저 이르던, 다섯 살'

그러나 지금 나는 본다.
밀가루 반죽으로 이쁜 만두를 빚는 손놀림을
저 손끝에서 음식이 탄생하고 그 음식으로

새 식구 목숨을 이어가겠구나,

아이야, 너는 이제
너의 집 얼레지 새잎이다.

* 광불이: 양양군 법수치리 상류에 있는 광불동.

아내의 기도

우리 아내는 기도가 없습니다.
원을 세우지 않습니다.
기도가 없기에 지금을 행복해합니다.
원을 세우지 않기에
지금을 기뻐합니다.
날마다 한 움큼씩 알약을 털어 넣으면서도
지금 여기 이곳을 최고라 합니다.
지금 여기 이곳은
우리 아내에게는 극락이요 천당입니다.
나 몰래 두 손을 모을 때가 있기는 하는 모양입니다만
그것은 자식과 남편을 위함인 줄 나는 압니다.
그녀에게는 그녀 자신은 없고
자식과 남편을 위해서만 이 세상에 나온 듯합니다.
그리하여 그의 평생은 비었습니다.
"나에게는 아무것도 없다."
그녀가 이런 말을 자주 하는 걸 보면
정말 그의 평생이 환하게 빈 것 같습니다.
저승까지 비어서 맑은 것 같습니다.
맑은 그녀에게 초저녁을 내어 맡기고 기대서면

나도 비고 맑아지는 것 같습니다.
맑아져서 이렁저렁
흐르는 것 같습니다.

슬픈 알몸 덩어리

나는 당신 앞에서만은 어리광을 부립니다.
발가벗고서도 부끄려하지 않아 합니다.
내가 당신을 향해 있는 동안은 부끄러움이 사라지고
오히려 행복에 겨웁습니다.

내가 어렸을 때도 그러했습니다.
벗고서도 부끄러움 없이 다녔습니다.
풀과 벌레와 나무들이 이런 나와 함께 놀아주었습니다.
그들은 나의 어머니, 최초의 모성이었습니다.
내가 부끄러움을 알기 시작한 날
나는 내가 너무 커버렸다는 것을 깨달았습니다.
그것은 나의 슬픔이었습니다.

그러나 그 슬픔의 알몸 덩어리를
당신이 받아들였습니다.
남남인 당신이
거치른 살덩어리와 체온과 타액과 체액까지를!
욕실에서 걸어 나오면 언제나 당신은
하얀 내 속옷가지를 받쳐 들고

그 아이

아내는 아이 셋을 낳았다.
하지만 한 아이는
이 세상을 구경하기도 전에
저세상으로 가버렸다.
가무스레 젖꼭지가 부풀어 오르는 걸 보고
우리는 심상치 않은 낌새를 알아챘었지.
생명의 우아한 춤을
그러나 그는 그것으로 끝이었다.
우리는 그 아이 얼굴을 알지 못한다.
동그란 꽃잎처럼 눈동자만 양수에 떠 있었을 때
그는 가야 했으므로
한 떨기 비릿한 꽃잎처럼
아내가 아파 어쩔 수 없이 그를 보내고
우리는 밤을 새워 속죄했다.
몇 밤을
그 후 그녀는 말이 줄었다.
가물치 한 마리 달여 먹은 일을
못내 부끄려 했다.

빚 물던 날

정월 대보름 대목장날
빚 물러 강릉 간다.
아내가 지전을 챙겨 가방에 넣고
나는 한 바퀴 마당을 돈다.
내가 잘못해 저지른 빚을 그녀가 대신 갚아주니
아 이런 날은 눈부셔라
괴물 은행을 뒤로하고
홀가분히
그러나 야릇한 마음으로 걸어서
어머니가 광주리 가득 미나리를 이고 가 파시던
오거리 노점 장터에 이르러
뒤늦게 아침을 걸렀음을 깨달았다.
우리는 보리밥집을 찾아서
푸지게 꽁보리밥을 먹었다.
향그런 보리 내음
그 너머로 둥그런 그녀 얼굴이 떠올랐다.
까슬한 보리 이삭을
풋바심하시던 어머니같이

딸은 창조의 신

출산은 아름답다.
진통은 천음이다.
거짓 없는 순수 절대의 모성
곤줄박이 알에 감도는 노른자위 엷은 빛깔 같은 것
창조의 이 거대한 힘 앞에
나는 무릎을 꿇었느니
그분 딸은 세상의 딸
우리 어머니와 같은 길을 걸어서
그 딸은 다시 딸을 낳고
딸을 낳고
이 세상 모든 아들들이여
딸들에게 경배할지라
몸을 끝없이 낮추어 오체투구로 절할지라
딸은 창조의 신

황홀한 몸을 알고부터

당신은 나의 최초의 문이었습니다.
나는 당신을 통해 바깥을 볼 수 있었고
나 이외 타자가 있음을
비로소 깨달았습니다.

당신을 만나기 전 나는 내 안의 나,
그 나를 향해서만
속삭이거나 바라보거나 했습니다.
그 나는 나의 친구요 연인이요
내 유일한 존재방식이었습니다.

그러나 당신을 만나
당신의 그 황홀한 몸을 알고부터
내 안의 나가 아니라 또 하나의 세계
우주가 있음을 깨달았습니다.

당신은 나의 최후의 문임도 알고 있습니다.
나는 그리로 들어가 나를 닫고
내 모든 것을 마감하려 합니다.

당신은 내 최초의 문이었던 것과 같이
최후의 문이기에

괭이밥

풀이라고 함부로 뽑지 말아요.
난분의 왕모래가 즈이 밭인 줄 알고
잘못 돋아난 괭이밥을 잡초라 뽑으려 하자
그 사람이 나에게 말했네.
풀이라고 함부로 뽑아버리지 말아요.
그 소리에 나는 그만 멍해졌네.
이 알번개 뇌성벽력을 어찌할까?
씨알로만 달랑 어미 곁을 떠나와
오마조마 몸 오그려 살아내기 얼마였으리
떨어진 밥알을 새처럼 주워 먹으며
낮은 자리 낮은 몸으로만 흐르더니
무심히 뱉어낸 말 한마디가
서산머리 피 묻은 햇덩이 되어 넘어가네.
나 이제 티 안 얹힌 그 사람
마음 강물 가에서
하루 종일 소꿉장난쳐도 되겠네.

열쇠

당신은 나를 따고 들어오는 열쇠예요.
이불을 개어 밀쳐놓으며 그가 말했네.
열쇠? 붉은빛이 막 터져 나올 듯한
모란꽃봉오리를 보며 내가 말했네.
당신은 언제든지 내 비밀을 훔칠 수 있어요.
마당으로 내려서면서 그가 다시 말했네.
비밀을? 내가 혼자 중얼거릴 때
탁, 하고 모란꽃봉오리가 터져버렸네.
그가 흘끔 돌아보았네.
새벽 마당은 온통 모란꽃 천지

소방울집

바닷가 초등학교에서 아이들을 가르칠 때였네. 언덕배기 은백양 산울타리집이 내가 의지해 살던 집, 나는 그곳에서 하루 한 끼를 위해 자취를 했네. 구공탄을 피우면 곤단걀 냄새가 났지.

하루는 딸랑딸랑 소방울을 울리며'그 집 바자문에는 소방울을 달아 놓았다.'눈매가 몹시 고운 그가 나타났네. 일순간 나는 그가 울리는 소방울 소리 속으로 미끄러져 들어갔네. 소방울을 타고 나는 그의 몸 구석구석을 뒤적거렸네. 놋쇠 소방울. 그의 몸이 나를 담아 재빨리 그의 내면으로 끌어들였네. 나는 그의 순진무구한 눈빛에 붙들려 꼼짝할 수가 없었네. 그의 몸에 붙들려. 울타리 은백양 나무가 해풍을 받아 돛폭처럼 부풀어 올랐네. 파도와 놀던 갈매기가 돛을 보고 날아왔네. 파랗게 파랗게 하늘이 열렸다 닫혔다 하고. 갈매기와 장난치며 은백양 돛폭이 유리 풍선 같이 떠올랐네. '그 집 홀아비 주인은 보름달 빛을 받으면 광채가 나는 이상한 약초 대궁이를 가꾸기도 했었다.' 그는 바로 거기 있었네. 약초 향내 나는 은백양 나무 유리 돛폭 아래. 나는 그를 보고 미소

지었네. 입술이 발그레하고 머리털이 팔꿈치까지 내려와 치렁거리던 그, 그가 오자 동해가 등 너머로 넘겨다보며 물보라를 뿜어 대었네. 거친 소리를 내지르며 걷잡을 수 없었네. 나는 청둥오리처럼 뒤뚱거렸네. 파도가 치고 딸랑딸랑 소방울이 울고 문이 삐꺽거리고.(그게 '69 초가을)

그 후 우리는 연년생 아이 둘을 낳았네. 그의 바다는 아직 청람빛, 하지만 그의 손은 말라 가볍게 허공에 떠 있네. 약초향 없어지고 은백양 나무 베어지고 그 그루터기에 운지버섯 가득한 그 소방울집.

누워 백일몽

오늘에는 저녁 햇살 몇 줄기가
잠시 그를 집중하고 사라졌다.
어디 안 아픈 곳 없다는 그에게
기적이라도 일어나려는 걸까
햇살이 머물다 간 가슴 언저리에
이상스런 무지개가 서고
그걸 타고 누가 내려와 보살피는지
자몽히 그의 몸이 움찔거린다.
사람 하나의 몸은 실로 이랬었구나
고해를 안에 구기어 가두어 놓고
가벼워질 대로 가벼워진 이것
이 은박지 판 같은 것 앞에서
나 더 이상 어쩌란 말인가
황소처럼 밤새도록 뜯베질이라도 해 볼까
살가죽을 벗겨
새 몸 된 알몸을
하늘 푸름에
제물로 던져 넣고 빌어 볼까
꽃답다 이 사람 아직

피

한 달에 한 번씩 아내는
피 뽑으러 서울 간다.
피피피피피
생명을 담은 소중한 알갱이들
가늘게 쑥빛 감겨 도는 봄날에
피 뽑으려 가야 하는 아내여
그러나 아내의 새벽길은 늘 건강하다.
어차피 인생은
새 풀밭 헤쳐가듯 헤쳐가며
피 흘리는 것 아니던가
그녀의 나지막한 등에 업혀
좋아라 피어오르는 동해 허공 바다놀을 보다
주사기에 차오르는 아내의 피를 생각한다.
부신 생명의 불꽃을

당신의 행복

당신 앞에 서면 나는 두렵습니다.
서투르고 모자라 감쪽같이 덮어두었던 내면의 비밀이
당신의 날카로운 시선에 들켜버리기 때문입니다.
나는 항거할 힘과 기력을 잃었습니다.

당신 앞에서 처음 나는 벽이었습니다.
당신이 내 자아를 엿볼 수 없도록 중무장을 하고
오만한 자존심을 둘러치고 피둥거렸습니다.
때로는 어설픈 곡예사로 돌변하여
곡예를 부리며 의기양양했지요.

그러나 당신의 눈길이 내 이마를 거쳐
내 영혼 이곳저곳 더 노골적으로 말하면
내 정수리와 창자, 생각의 꿈틀거림과 미세한 울림까지를
속속들이 읽어내고 알아챈다는 사실을 알고부터는
놀라워 나는 몹시 당황해했습니다.

당신은 나를 쳐부수고 무너뜨렸습니다.

내 궁리와 방어책은 아무 소용이 없었습니다.
나는 어지럽고 멍하고 출구조차 없어졌습니다.
이제 당신이 차지한 나는 내가 아니라 당신의 나,

그 껍질의 나는 밤마다 아픔을 씹고
잔인하게도 당신은 그런 나를 보고 미소하니

금강석

나는 당신을 증오할 수밖에 없습니다.
당신이 내 안에 너무 깊숙이 들어와 박혔기에
나는 당신을 싫어하고 거부합니다.

당신의 고독과 불안 절망과 비탄을
나는 더 이상 두고 볼 수가 없습니다.

당신은 나에게서 희망을 구하지만
나는 당신에게 절망만 안겨 주었습니다.
당신은 나에게서 행복을 구하지만
나는 당신에게 불행만 안겨 주었습니다.
당신은 나에게서 지혜를 갈구하지만
나는 미욱하고 어리석을 뿐입니다.

당신이 원하는 건 무엇이든 해 준다 약속했지만
내 일상은 집착과 탐욕으로 가득 차
내가 나를 경멸하고 충돌하며 갈등합니다.

나는 당신을 망각하고 왜곡하려 합니다.

화쟁을 노래하기보다는 부정하고 파괴하려 합니다.
변신을 꿈꾸지만 끝내 안 되는 나로서는
그게 나의 번민이요 병화요 괴로운 투쟁인걸요.

그러나 그럴수록 당신은 내 정신의 깊은 곳
이 몸의 부조리한 내면 밑바닥에 침하하여
부서지고 태워지고 엉겨 뭉쳐져 마침내
영롱한 금강석이 되고야 말았습니다.

내 가슴에 묻혀서 슬픈

한밤에 문득 깨어나 돌아보면
아름다워서 슬퍼라
내 가슴을 밟고 몽싯몽싯 피어오르는 모습들

종다래끼를 들고 밭고랑에 콩씨를 넣던 어머니와
찰랑거리는 물동이를 이고 물방울을 훔치던 아내와
모차르트를 치느라 땀방울 송글대던 딸애와
'정월대보름날 아침 오곡밥과 무나물을 삶아 무치는'
껍데기를 벗겨 입술처럼 발개진 감귤
그 감귤 쪽을 앙가발이상에 받쳐 든 새아기와

묵은 샘 가에 저 홀로 돋는 돌미나리들
슬퍼서 아름다워라
내 마음 강물에 담겼다가 떠오르는 모습

콩꼬투리가 푸른, 푸른 콩이 갈볕살에 튀네.

안동 세포로 도포를 곱게 지어 보낸 안동 사부인과
종다래끼를 들고 밭고랑에 콩씨를 넣던 어머이

갈매 무명치마와
그 뒤를 따라다니며 부리를 땅에 들이박고
콩낱을 도로 파내어 쪼아먹던 곤줄박이와

한밤에 부르는 노래

당신으로 하여 대지는 포근하고
당신으로 하여 강물은 맑습니다.
당신으로 하여 꽃향기가 짙푸르고
당신으로 하여 나는 잠들 수 있습니다.

당신은 우주에 미만한 존재
물이요 공기요 떡갈나무 잎사귀입니다.
서천으로 몰리는 새털놀이요
노을에 밟혀 오는 저녁 어스름입니다.

당신으로 하여 나는 지난밤 탈 없이 숨을 쉬었습니다.
인중 아래 윗입술을 아랫입술에 가만히 붙이고 잠든 당신을
흔들어 깨우다 말고 법성法性을 노래하며
한밤의 자유를 만끽할 수 있었습니다.

당신은 봄밤에 속살거리는 실여울 물소리
마른 가지에 갯강구처럼 기어가는 버들강아지입니다.
설악산을 휘감아 오르는 연둣빛이요

뛰어오르는 파도 물방울에 일순간 떴다 사라지는 별입니다.

당신으로 하여 내 가난 이만큼은 되었지요.
당신으로 하여 내 색수상행식色受想行識 아직 망가지지 않았고
당신으로 하여 내 발은 하루 백 리를 걸을 수 있어요.
장다리꽃에 내 눈은 놀라워하며
내 귀는 멧비둘기 날갯짓 치는 소리 금방 알아챌 수 있지요.

오 당신이 마련해 주는 자양으로
나는 배고픔의 서러움을 벗어날 수 있었습니다.
당신은 새벽마다 음식 만드느라 똑딱거리고
그 소리에 잠을 깨고 나는 또 하루를 시작합니다.

백로의 춤

내 생일 새 모시옷 입고 걸어보네.
동해 바닷가 휘돌아 설악산자락
너른 들 논둑길을 똑바로 걸어 아침을 맞네.
설악산은 녹음밥 진수성찬을 준비해 놓고
백로들이 하늘로 떠올라 춤을 추고 있네.
먹이 때문이 아니라 춤을 추기 위해
설악산 골짜기로 백로 무희들이 모여들었네.
골짜기가 흰빛에 취한 듯 향기롭네.
하늘은 덩그런 청라 누각으로 바뀌고
막 떠오르기 시작한 아침해가
백로의 춤사위에 조명을 들이비치네.
산자락을 차고 오를 때마다
백로 무희들의 날개가 햇솜처럼 투명해지네.
한두 마리, 아니 수십 마리가 일시에 춤을 추니
하얀 날개 차일이 하늘을 덮어버리네.
별안간 하늘에서 기적이 일어나고 있는 건가
꿈적꿈적 나도 춤을 추기 시작하네.
설악산 누각에 다리를 걸쳐놓고
토왕성폭포가 춤을 추고

시퍼렇게 동해도 일어나서 춤을 추네.
논둑길을 외돌아서 갈밭 숲을 지나
온 들판이 난데없는 춤꾼들로 가득하네.

내 청춘에게 붙이는 시

잘 가거라 내 청춘아
너 그동안 내게 와
잘도 머물러 있었구나

봄풀처럼 유연한 피부와 말쑥한 몸매
튕겨 나갈 듯하던 걸음걸이, 청춘아
그동안 나 기쁨 가득하였었다.

힘 좋던 두 다리
바늘 떨어지는 소리조차 놓치지 않던 귀,
깨알 같은 활자 앞에서도 두려움 없던 너
나 행복했었다.

그 청춘과 함께 네 반려도 맞았었지.
청순하기 이를 데 없던 그,
그러나 이제 너와는 결별할 시간

잘 가거라 나,
네 뒷모습 바라보며

쓸쓸히 저물 거니.

다시 머물 자리 나 알 길 없지만
가거라, 산 굴곡을 넘어

우리 빙모님 첫 살림집

성진 가고 싶다.
우리 빙모님 신혼 단꿈 서린
성진으로
그곳에는 우리 빙모님 첫 살림집 있다.
그런 이유 하나만으로
나의 그 사람 손 꼭 잡고
그곳으로 가고 싶다.
무얼 할까 그곳에 가서는
하늘이나 한번 뚫어지라 쳐다보면 될 것이다.
개마고원 솔부엉이 울음소리나
그 울음소리 따라 어슬렁어슬렁 걸어 나오는 호랑이라
도 만나면
어찌할까 무서워서
우리가 처마 밑에 쪼그려 앉아 떨다
앞마당에 고이는 어스름과 놀다 보면
무서움쯤은 가시리라
아니 우리 빙모님 새색시 적 얼굴 떠올려 본다면
하마 물어 갈까
그 큰 짐승 어슬렁거리며 울타리를 돌아서 나갈 때

우리도 돌아서서

그가 사라진 자리 별빛 맑게 개는 개마고원 이마

그 새파란 아미나 물끄러미 바라보리라

우리 그 사람 가슴 놀라 쿵쿵거리는데

남녘 땅 애들 얼굴

금강산 놀에 비쳐 뜨고

물고지엿

훌명 들어 그해 봄에는
물고지엿을 고와 먹었다.
마늘쪽 같은 알뿌리
노란 수염 털

물고지는 감나무 아래서 자랐었다.
난잎처럼 잎사귀가 곧았다.
가마솥에 고울 때면
대문 밖까지 풍기던 캐한 내음

내 영혼 어딘가에 캐하게 살아남은 그 내음
그 물고지를 고우시던 어머니 젖내,
젖내
훌명 없이 자란 우리 아이들
그 하나만으로도 세상 고맙다.

아내의 마음 바다
젖내, 젖내

암소

우리집 암소가 내지른
새벽 비명 소리에 놀라
동해에 하현달이 떴다.
그리고 새끼송아지가 태어났다.

어머니는 외양간 문고리에 초롱불을 내어 걸며
우리 집 식구 하나 더 늘었다 했다.
탯줄에 매달린 짚신 한 짝

산실은 한동안 비릿했다.
새로 깔아준 짚북데기를 밟으며 휘청거리던
아기소 발걸음

초롱불빛을 받아 알사탕처럼
맑게 어리던 그 눈망울이
지금도 우리 옛집 외양간에 가면
빈 구유 위에 떠 있다.

아내와 함께 그곳에 들르면

오 눈물 같은

나는 자유로운 유영을 즐기다 이 세상에 떨어졌지요.
그러나 그 순간
도처에서 쇠사슬이 다가와 나를 얽어매었습니다.
이제 나는 평온합니다.
옥죄인 쇠사슬을 풀어 끊고 녹여버렸기 때문입니다.
어느 누구도 더 이상 나를 묶을 수 없으며
어느 누구도 나를 조종할 수 없습니다.
가혹히 억압받으며 고통으로 헤매던 때가 있었습니다.
편견과 질투 사음과 거짓말로 괴로워한 적 있었습니다.
조롱 수모 비열 한숨 비굴로 몸을 뒤챈 적 있었습니다.
내 날개는 꺾였으며 비상을 멈춘 육신은 썩어갔습니다.
하지만 지금 나는 온전한 자유입니다.
오 눈물 같은 자유, 자유의 나라 자유입니다.
회오리치는 이 마음속 폭풍을 어느 다른 이가 아니라
당신이 '해탈'이라 말하는 순간
나는 오 눈물 같은 자유의 몸이 되었습니다.
신이한 해탈의 몸이 되었습니다.

아가, 이렇게 된 것은

아가, 이렇게 된 것은
모두 내가 잘못해서야
아파트가 밀림처럼 서고
땅이 시멘트 범벅이 된 것
파랗던 하늘 천정이 그을려 새까매지고
산이 뼈를 드러내고 오들오들 떠는 것
푸른 바다가 진달래꽃밭처럼 붉어
붉어서 바다별의 숨구멍을 막아버리는 것
그래서 너를 못살게 군 것은
아가, 모두 내가 잘못해서야
바위에 대고 두 손 모아 비는 아내 옆에서
나도 빌고 싶어
꿇어앉아 손을 모았다.
아가, 내가 잘못해서야

성 우파니샤드

보다 깊이 깊은 곳으로
안으로 더욱 간절히 들어간다. 나는
그게 탱탱하게 터질 것 같아
아아 터질 것 같아 너의 살주머니 옥문 안으로
그래 그렇지.
너는 내가 아직 어쩌지 못해 한밤중에도 끼고 자는
우파니샤드, 그 성스러운 책갈피 나마 루파*
속초의 밤거리야, 아니
아니, 강가강*의 혼돈
달빛 속으로 두둥실 떠오르는 타즈마할* 미궁이야
저 살주머니 좀 보아라
삼국유사 보화가 띄운 털깃
귀엽게도 너에게는 그게 있지.
아슬히 더운 그게 있지.
지금 이 순간은
천지가 우리와 하나야

* 나마 루파(nãma-rûpa): 나마는 體·眞如. 루파는 相. 체는 변하지 않는 본체 곧 깨달음의 최고 기쁨이 가 닿는 자리다. 상은 삼라만상의 갖가지 형상이나 현상. 대승기신론의 우주관인 體·相·用의 씨앗이 여기에 근거함을 알 수 있다. 부리하드 아라냐카 우파니샤드에서 따왔다.

* 강가강: 갠지스강을 인도인들은 강가강이라 한다. 강가강은 혼돈이다. 히말라야 만년설이 녹은 성스러운 물에서 시체를 태운 잿가루를 뿌리고 목욕하고 경배한다. 강가강에서는 실로 생사가 여일하다.

* 타즈마할: 인도의 지방도시 아그라에 있는 무무타즈마할의 무덤. 무갈제국의 제5대 황제 샤자한이 사랑하는 아내 타즈마할이 전쟁터에서 열네 번째 아이를 낳다 죽자 22년 동안 아내를 위해 이 아름다운 무덤을 만들었다. 당시 타즈마할은 39세(1631년). 사나이의 사랑이 죽어 현실로 꽃피는 순간이랄까. 달빛 속의 타즈마할은 장자의 호접몽을 기웃거리는 것 같다.

최초의 투명한 빛

당신이 내 곁에서 떠나던 날
나는 최초의 투명한 빛을 얻었습니다.
허탈해 당신 방을 들어서며
그것은 전혀 뜻밖의 일이었습니다.
당신은 마당가 파리한 궁궁이 싹과 함께 왔습니다.
오미자 잎눈 가 발그레 회임한 여인으로
살구꽃 암술에는 당신의 향기가 감돕니다.
땅바닥 돌 틈을 비집고 돋아나는 민들레 잎사귀 가장
자리에는
당신의 숨결 소리가 살아 피어있습니다.
오오 당신의 변신술이 그저 놀랍기만 합니다.
그동안 얼마나 많은 아귀들이 당신을 못살게 굴었던지
요.
당신 몸은 그들의 집이었고
그들은 당신을 파먹으며 배불러 날뛰었습니다.
그런데도 당신은 아무렇지 않다 했지요.
무심하니 두려움이 사라지더라 했지요.
열린 구멍마다 오색영롱한 보석 알갱이들이 쏟아지고
상처 자국에서는 황금꽃 구름이 뒤덮이고 있습니다.

그것은 실로 최초의 빛, 빛의 비
이 세상을 향한 마지막 경배요 환희였습니다.
당신과 함께 심은 산작약이 올해도
밤톨 같은 꽃망울을 달고 나왔으나

흑룡강변 엉겅퀴

우리 재당숙 한 분은 흑룡강변에 삽니다. 내가 다섯 살 적 그러니까 해방 전해 그분은 내게 할아버지뻘 되는 아버지를 따라 누이 셋과 함께 북만주로 가셨습니다. 그 할아버지 머리 쓰다듬어 주시던 손길 생생한데, 그리고 는 종무소식이었습니다. 아니 몇 차례 소식은 있었습니다. 오줌을 누면 오줌 줄기가 빳빳이 허공에 서서 곧장 얼어버리고 양귀비꽃이 산을 이루었다고. 그러나 그것 으로 끝이었습니다. 반백 년을 지나서도 알 길 없었습니다. 멸실했는지도 모를 일이었습니다.

그도 그럴 것이 철통 장벽과 전쟁의 피보라가 우리를 가로막아 생핏줄을 끊었기 때문입니다. 가끔 대소가 어른들이 족보를 꺼내놓고 볼 양이면 '炅植 居 滿洲경식 거만주'에 이르러서 그저 침묵일 뿐이었습니다. 몇 집 안 되는 우리 집안에 '居 滿洲'는 응어리요 피눈물이요 절벽이었습니다. 내가 장가든 후 이따금 아내에게 이 말을 하면 아내도 덩달아 그건 참 피눈물이겠네요 했습니다.

그런데 어느 날 먼먼 북만주 흑룡강변에서 뜻밖의 소식이 왔습니다. 빳빳이 허공에 일어선 냉냉한 얼음 오줌 줄기 아니라 진달래꽃밭 같은 아편꽃 아니라, 그쪽에서 이쪽으로 뿌리를 확인하는 소식이었습니다. 찬경 찬오 찬복 찬국 찬원 불꽃 찬燦자 항렬 우리 윗대 어른 함자가 분명한. 그것은 참으로 놀라운 일이었습니다. 환희였습니다. 냉냉한 얼음 오줌 줄기 아니라,

그분들은 잡초 들판을 일구어 움집을 짓고 짐승처럼 살았다 합니다. 살기 위해 살았다 합니다. 생명을 무기로. 그러나 지금은 가솔들이 스물이나 되고 살림집도 열로 늘었습니다. 묏자植자 할아버지는 백 세가 훨씬 넘어 몰한 지 오래지만 그 아래 이름 스물을 채워 넣으니 응어리도 피눈물도 절벽도 한순간에 스러지고 없습니다. 스러지고 흑룡강변 엉겅퀴만 파릇파릇 돋아났습니다.

* 만주: 흑룡강성 길림성 요녕성 등 중국 동북3성. 청말 만주국이란 칭호로 일본 지배하에 부이가 통치하다 일본 항복과 동시 해체. 漢族이 대다수나 우리 민족이 100만 넘게 살고 있다. 재당숙 일가는 그 동북 3성에 흩어져 살아 방문하는 데만 기찻길로 80여 시간 이상 걸리는 곳도 있다 한다.〈아우 원길 증언〉

보름달이 초생달 될 때까지

보름달이 초생달 될 때까지
우리 이대로 있자.
맑은 물 한 사발 떠놓고 물이여 신이여 빌면서
우리 이렇게 몸 얼려 하나로 있으면
너와 나는 열꽃 덩어리
침목향처럼 완전한 향기 덩어리가 될 것을
마침내 이 세상에서 제일 높은 산봉우리에 우리 이르러
둘이 하나로 얼려 둥근 오로라로
빌자. 경건히 그저 빌자. 물은 신이야
신이야
너는 아래로 흐르고
나는 위로 흐르고
흐흐 둥근 달이 일그러져 초생달 될 때까지
꼭 끼어서 있자.
당신은 천지의 뿌리 우주의 알
흐르고 흐르자.
산봉우리에서 보름달 지고 초생달 필 때까지

오직 하나인 당신

당신이 나를 미치광이라 함부로 말을 해도
나는 당신을 지혜 가득한 천녀라 생각합니다.
당신이 나를 절복할 위인이라 없수이 여겨도
나는 당신을 청하지 않아도 오는 벗이라 생각합니다.
당신이 나를 상처로 짓이겨도
나는 당신을 가없는 법신이라 생각합니다.
당신이 나를 매리罵詈로 윽박질러도
나는 당신을 미쁜 연인이라 생각합니다.
당신이 나를 버리고 가차 없이 짓밟아도
나는 당신을 영원한 주인이라 생각합니다.
당신이 나를 악마 파순이라 놀려도
나는 당신을 장엄한 법모라 생각합니다.
눈자위가 틀어져 육신을 가누지 못하고
내가 쓰러졌을 때 오직 하나인 당신은
내 상처 피고름 덩어리를 혓바닥으로 핥아내었습니다.
순간 나는 당신의 나를 향한 사랑을 알아차렸습니다.
그 후로 당신이 나를 무어라 하던
당신을 향한 내 마음은 한결같은 믿음이었습니다.

아내, 나의 신부

아내 당신은 내 영원한 신부
꽃이요 열매요 그 뿌리다.
아내 당신은 내 영원한 여인
시내요 강이요 바다요 갈잎이다.
아내 당신은 내 영원한 나무
바위요 산이요 골짜기요 대지다.
아내 당신은 내 영원한 친구
갈대요 허공을 날으는 새요 별이다.
아내 당신은 내 영원한 모성
논밭이요 저녁놀이요 그늘이다.
아내 당신은 내 영원한 미궁
깊이와 넓이와 높이를 알 수 없는
안개요 버들강아지요 바람이요
쑥내음이요 들깻잎이요 허공이다.
아내 당신은 내 영원한 주인
씨앗이요 생명이요 우주 현빈※
오 아내 당신은 신비로운 물방울
돌밭이요 돌밭을 일구는 강물이요
질경이풀이요 물잠자리요

물잠자리를 기르는 새봄의 들녘이다.

아내 당신은 내 영원한 우주

---

* 현빈: 암컷. 노자 도덕경 제6장에 나온다. 암컷은 섬세하고 유약하다. 하
지만 자손을 퍼뜨리는 힘이 있다. 창조의 뿌리. 암컷은 노자의 핵심사상
인 道다. 道 곧 玄牝은 유연하나 만물과 통한다. 유약한 것에서 창조의 힘
을 뿜어낸다. 아내는 실로 만물이 움트는 길이다. 〈谷神不死 是謂玄牝. 玄
牝之門 是謂天地之根.〉

아가의 여행

아가야
이 세상으로 여행 나온 아가야
너는 몰라
네가 태어나는 순간
네 엄마 몸속에서는
삼백예순 개의 모든 뼈들이 일제히 깨어나
오로지 너를 향해 집중해 있던 것을!
너를 향한
그 아프고도 찬란한 순간을
몰라
자라
어른이 될 아가야

해설

최명길 시인의 연보

놀라운 눈, '현빈의 진리'와
'똥덩어리'를 조화롭게 함께 보는

호 병 탁(시인 · 문학평론가)

1

시인은 『아내』의 시편들을 2000년 4월 3일에 일단 마감한다. 그러나 같은 해 6차례나 퇴고를 반복하고 이듬해 2001년 3월 「초례청」「흑룡엉겅퀴」「조양동 단칸 셋방」「아가에게」를 추가하고 두 번 더 퇴고한다. 2002년에도 역시 두 번을 수정한다. 7년 후 2009년 또 한 번 다듬고 2010년 2월에는 시 일부를 고치고 순서도 바꾼다. 그리고 9년 뒤인 이제야 이 시편들은 책으로 묶여 상재되게 된다. 그러나 참으로 안타까운 일은 우리가 이 시집 『아내』를 읽고 있는 지금 정작 함께 즐거워해야 할 시인은 우리 곁을 떠났고 말았다는 사실이다.

시인은 시집 원고의 말미에 10여 년 동안 작품들을 고치고 다듬었던 내력을 날짜별로 메모형식으로 달아놓았다. 덕분에 나도 글의 서두를 위와 같이 시작할 수 있게 되었다. 그러나 무엇보다도 우리는 시인이 얼마나 이 시집에 오랜 시간과 공력을 들여왔었는지를 쉽게 짐작할 수 있다. 그만큼 시편들에 대한 시인의 깊은 애정이 정녕 '아내'를 대하는 듯 서리서리 굽이치고 있다.

시인은 원고 첫 장에 시집 제목 『아내』 쓰고 바로 아래에 "그 향기로운 이름 앞에 이 시집을 바친다."고 작품집필의 목적을 분명히 밝히고 있다. 이어 둘째 쪽에서는 '노을꽃'이라는 이름으로 시인의 말을 피력한다. 그는 여기에서 평생 "기다림과 헌신으로 일관해" 온 아내에게 "그 흔한 사랑이란 말도" 못하고 오히려 "무덤덤해 하거나 투정"을 부렸다고 미안해한다. 그것은 "한 인간에 대한 모독"이었고 "가혹한 일이었으며 시련"이었고 "무례며 학대였다"고 자신을 자책하고 있다. 이런 마음으로 시 101편을 썼다고 밝힌다. 시인은 이글의 마지막 부분을 어떤 아름다운 서정시 못지않게 빼어난 문장으로 자신의 심경을 비유하여 토로하고 있다. "벌써 땅거미가 진다. 산기슭으로 어둠살이 밀리고 바람 소리가 스산하다. 계곡으로 그림자들이 깊게 쏠리고 산봉우리에는 노을꽃이 눈물방울처럼 핀다. 처연히." 그리고 "오 그 사람 내 아내 우렁각시여!"라는 영탄의 말로 글을 마감하고 있다.

'우렁각시'가 누구인가. 가난한 노총각이 "이 땅 파서 누구랑 먹나?" 탄식을 하자 "나랑 먹고 살지!" 답하는 청량한 목소리의 주인공으로 아무도 모르게 우렁 속에서 살짝 빠져나와 빨래도 하고 청소도 하고 김 모락모락 나는 맛난 밥상을 차려놓고 감쪽같이 사라지는 아름다운 처녀가 아니었던가. 즉 남자를 조건 없이 돕는 여자로 '수호천사'와 같은 역할을 하는 존재가 아니었던가. 한편 평범한 남자와 고귀한 여자의 결합으로 극적 신분 상승을 이루게 하는 사람 또한 아니었던가. 수많은 사물 가운데 왜 하필 '우렁' 속에서 각시가 나온 것인가. '각질 속의 연한 몸'으로 단단함 속의 부드러움을 상징하는 존재가 바로 우렁각시가 아니었던가.

시인은 한 마디 직설적 영탄의 말로 이 모든 것이 포함된 감사의 마음을 간절하게 전하고 있다. "오 그 사람 내 아내 우렁각시여!"

2

시인의 정신세계는 언제나 자연과 교감한다. 그의 시에 나타나는 사유와 명상의 언어들은 모두가 자연에서 비롯되어 인간과 세계 그리고 우주적 삶으로 확장되어 간다. 자연의 작은 부분에 불과한 나무 한 그루도 그의 사유 속에서는 해인海印하는 존재의 근간이 되고 마침내 성자와 동격으로 승화된다. 따라서 그가 귀한 가치를 부여하는 모든 것들은 그가 노래하는 동격인 자연과 그대로 대입될 수 있다. '아내' 또한 마찬가지가 될 것이다.

산에 들어 처음 그 나무를 만나고서
나는 그 나무를 그냥 나무로 보았다.
몇 해 지난 다음 다시 그 나무를 만나고서는
나는 그 나무를 성자라 생각했다.
산정 거친 바위벽을 안고 몸부림쳤을
그를 깨닫고 난 후였다.
세상은 나무를 그냥 두지 않았다.
나무는 육신을 비틀었다.
가지는 떨어져 나가고 흔적만 남았다.
키는 낮아 더 낮아질 수 없다는 듯
지옥처럼 붉어 몸통 전체가
울금향을 담은 그릇 같았다.
동쪽으로 난 서너 줌의 잎사귀 타래
그것만이 살아있음을 알렸다.
천지와 어울리자면 다만 그러해야 했던가
순종의 끝은 다만 그러했던가
나는 나무 앞에서 두 손을 모았다.
천지 그 법이 얼른 나를 스치고 지나갔다.
산속 모든 나무가 성자,
세상의 모든 나무들은
나무 같은 사람들은 성자다.
나무를 싹 틔워 기르는 이 땅은 해인의
도독한 무릎이다.

- 「나무 해인」 전문

시인은 산속의 한 나무를 만나고 처음에는 그것을 "그 냥 나무로" 본다. 그러나 몇 해가 지나고 다시 그 나무를 만났을 때 시인은 그것을 '성자'로 인식한다. 나무가 그 동안 "산정 거친 바위벽을 안고" 얼마나 몸부림치며 견 뎌내었을 것인가를 깨달았기 때문이다. 연을 가른다면 첫 연에 해당된다.

다음 연에는 나무가 몸부림쳤을 세상의 고초가 묘사된 다. 나무는 "육신을 비틀"고 "가지는 떨어져"나갔다. 키 는 "더 낮아질 수 없다는 듯" 작게 움츠려 있었다. "서너 줌의 잎사귀 타래"만이 그것이 살아있음을 알려주고 있 을 뿐이었다. "거친 바위벽"에서 자란 나무다. 모진 비바 람에도 차디찬 눈보라에도 부대꼈을 것이다.

이어 시인은 현실적 삶의 한계와 이를 겸허히 수용하 고 극복하는 나무를 보며 장엄한 해인의 두루마리를 읽 어낸다. 지금 바위벽에 움츠리고 있는 나무는 삶의 모든 악조건에 거역하지 않고 "천지와 어울"린 결과이고 "순 종의 끝" 모습이다. 모진 풍파를 견디고 '의연하게 생존' 하고 있는 나무의 모습이기도 하다. 동시에 모든 생의 조건을 수용하며 이를 깊게 사유하고 있는 어떤 초월적 존재의 모습이기도 하다. 시인에게 깨우침을 주는 대상 은 결코 거대하고 웅장한 것이 아니다. 따라서 이처럼 근천맞게 생을 영위하는 작은 "나무 앞에서"도 시인은 두 손을 모으게 되고, "천지 그 법"을 또한 알아차리게 되는 것이다.

마지막 연에 해당되는 글에서 '움츠린 작은 나무'에 대한 깨침은 인간과 세계 그리고 우주적 사고로 확장되어 간다. 이제 "산속 모든 나무"는 성자가 되고 "나무 같은 사람들" 또한 성자가 된다. "나무를 싹 틔워 기르는 이 땅" 역시 그 바탕이 된다. 결국 "서너 줌의 잎사귀 타래"만 남은 바위벽의 근천스런 나무는 마침내 바다가 만상을 비추는 것처럼 부처의 지혜와도 같은 '해인'의 근간으로 승화되고 있는 것이다.

　위 작품은 최명길의 다른 많은 시를 이해하는 단초의 역할을 한다. 앞서 언급한 것처럼 시인의 정신세계 안에서 고귀한 가치가 부여되는 대상은 언제나 그 원천적 속성이 자연에서 비롯된다. 시인에게 절대적 존재로 인식되는 '아내' 역시 마찬가지다. 위의 시에서 노래의 대상이 되는 바위벽의 작은 '나무'에 '아내'를 대입한다고 해도 아무 차이도 없는 동격의 가치가 발현되는 것이다. 즉 아내도 나무 이상으로 모든 신산한 삶의 조건들을 수용했고 이를 극복했다. 그리하여 아내는 모든 고초를 견딘 초월적 성자로 승화되고 마침내 장엄한 우주적 해인의 모습을 드러내게 되는 것이다.

3

　그리하여 시인은 "아내여/ 우주여/ 그대는 법法의 열

매를 물고 있는/ 묘법연화경妙法蓮華經"이라고 노래할 수 있게 된다(『홍반이슬』). 따라서 아내의 실존은 "아름다운 완성"(『부분과 전체』)이다. 특히 출산의 지극한 고통을 감내한 아내의 모습은 앞의 시에서 "육신을 비틀"고 "가지는 떨어져"나가는 나무의 몸부림과 그대로 연결된다.

> 사랑의 제물이 되어
> 뱃가죽이 찢어지고
> 골반이 어긋나 몸뚱어리가 어기적거려도
> 그 고통에 대해서는 말하지 않는다.
> 여인이여 그 일 하나만으로도
> 나 그대 앞에 엎드려 경배하고 싶어라
> 세상의 모든 창조의 모성이여
> 딸이여 어머니여
>
> — 「사랑의 제물」 부분

출산에는 "뱃가죽이 찢어지고/ 골반이 어긋나"는 진통이 수반된다. 그럼에도 이를 기꺼이 감내함은 위대한 "창조의 모성"에서 비롯된 것이며 시인은 이에 대해 "엎드려 경배하고 싶"다고 노래하고 있다. 시인은 다른 작품에서도 "순수 절대의 모성"인 "창조의 이 거대한 힘 앞에" "세상 모든 아들들"은 몸을 낮추어 "오체투구로 절"할 것을 촉구한다(『딸은 창조의 신』). 시인에게 아내는 결국 "우리 아이들 숨결 불어넣은 장엄한 우주"(『아기집』)로 인식되고 있는 것이다.

아내에게 바치는 사랑의 헌시 한 편을 더 보자.

아내 당신은 내 영원한 신부
꽃이요 열매요 그 뿌리다.
아내 당신은 내 영원한 여인
시내요 강이요 바다요 갈잎이다.
아내 당신은 내 영원한 나무
바위요 산이요 골짜기요 대지다.
아내 당신은 내 영원한 친구
갈대요 허공을 날으는 새요 별이다.
아내 당신은 내 영원한 모성
논밭이요 저녁놀이요 그늘이다.
아내 당신은 내 영원한 미궁
깊이와 넓이와 높이를 알 수 없는
안개요 버들강아지요 바람이요
쑥내음이요 들깻잎이요 허공이다.
아내 당신은 내 영원한 주인
씨앗이요 생명이요 우주 현빈*
오 아내 당신은 신비로운 물방울
돌밭이요 돌밭을 일구는 강물이요
질경이풀이요 물잠자리요
물잠자리를 기르는 새봄의 들녘이다.
아내 당신은 내 영원한 우주

                                                - 「아내, 나의 신부」 전문

위 시는 시인 자신의 아내가 누구인지 설명하고 있다. 그녀는 영원한 신부이자, 여인이자, 친구다. 영원한 모성이자, 미궁이자, 주인이다. 신비로운 물방울이요 영원한 우주이기도 한다. 이렇게 나간다면 작품은 자칫 통속적인 사랑타령이 될 뻔했다. 그러나 왜 아내가 그런 존재인지 부연 설명이 되기도 하고, 이유가 되기도 하는 수많은 대자연의 생명, 사물, 현상들이 반짝거리며 시의 미학적 구성을 든든하게 받쳐주고 있다. 연 가름은 없지만 문장은 언제나 "아내 당신"이란 주어로 시작되어 그 애정의 깊이를 알려주는 것은 물론 작품의 음악적 운율을 제고하는 요소로 작동하고 있다.

　첫 문장에서 아내는 "꽃이요 열매요 그 뿌리다." 나무의 필요·충분한 속성을 모두 지닌 말이다. 나무가 땅 위에서 꽃피고 열매를 맺었다면 자신의 모든 소임을 훌륭히 수행해냈다는 의미가 된다. 그러나 이는 뿌리가 있으므로 해서 비로소 가능했던 결과다. 그렇기 때문에 아내는 시인의 "영원한 신부"가 될 수 있는 것이다. 아니 "영원한 신부"이기 때문에 "꽃이요 열매요 그 뿌리"가 될 수 있기도 하다.

　둘째 문장에서 아내는 "시내요 강이요 바다요 갈잎이다." 작은 시냇물은 모여 강물이 되어 흐른다. 그리고 모든 강물은 결국 바다로 흘러들어 간다. 섬세한 시인의 촉수는 물 위에 떠 함께 흐르는 '갈잎'의 존재까지 포착한다. 이 문장은 다투지 않고 낮은 곳으로만 흐르는 물의 긴 여행길을 압축하고 있다. 물은 생명의 원천이다. 35억 년 전 지구 최초의 생명이 물에서 생겨난 이래 지금까지 어떤 생명도 물 없이는 존재할 수 없다. 그럼에도 물처럼 약한 것이 없다. 자기의 형태를 갖지 않은 약한 존재다. 둥근 그릇에 넣으면 둥글고 모난 그릇에 넣으면 모 날 뿐이다. 허나 어떤 굳세고 강한 것도 물의 힘을 당할 수 없다. 심지어 한 방울 한 방울씩 떨어지는 물도 바위에 구멍을 뚫는다. 그런데 아내는 바로 그 물을 담고 흐르는 "시내요 강이요 바다"다. 시인의 "영원한 여인"이 될 수밖에 없다.

셋째 문장에서 아내는 "바위요 산이요 골짜기요 대지다." 땅에는 바위와 골짜기가 있는 산도, 넓은 들판인 대지도 있다. 땅 또한 생명 그 자체나 진배없다. 흙 일 그램에는 일억이 넘는 미생물이 살고 있다고 하니 흙덩어리는 바로 '생명의 덩어리'다. 그 자양으로 모든 초목이 자란다. 시인의 "영원한 나무"도 바로 그 흙 위에 존재하는 것이다.

4

이어지는 많은 문장에서도 아내는 자연세계에 있는 갖가지 구체적이며 개별적인 존재들과 동격을 이루며 "내 영원한 친구"가 되고 나아가 "영원한 모성" "영원한 주인"이 되고 마침내는 "영원한 우주"로 승화되고 있다. 시인이 거명하는 수많은 이름들에는 '질경이풀' '버들강아지' '들깻잎'과 같은 하찮은 식물도, '물잠자리' 같은 작고 여린 곤충도 있다. 그러나 이 작은 생명들은 얼마나 정답고 고운 눈초리로 우리를 바라보며 속삭이고 있는가. 그런가 하면 '반짝이는 '별'이 있고 아름다운 '저녁놀'이 있다. 이런 것들 또한 각박한 삶 속의 우리를 얼마나 따뜻하게 위무하며 속삭이고 있는가. 시인이 거명하는 것들에는 '갈대' 같은 생물도 있고 '바위' 같은 무생물도 있다. 그러나 모든 것들은 공히 대자연이 창출하는 갖가지 다른 현상의 구체적인 모습일 뿐이다. '안개'도 '바람'도 '저녁놀'도 각각 하나의 자연현상에 불과한 것이 아닌가. 그런데 서로 다른 개별적인 존재들은 작품 안에서 '대위 (對位)'의 관계로 복무하고 있다. 각각 독립하여 진행하는 선율들을 동시에 결합해 하나의 조화된 소리를 이루어내는 음악적 기법이 대위다. 마찬가지로 이들 여러 존재들은 서로를 밀고 당기며 작품 전체의 조화와 통일을 위해 복무하고 있다. 시인은 이런 자연의 속삭임을 빼놓지 않고 담아낸다. 그리하여 이 정겨운 속삭임은 결국 삶의 이치를 담은 "현빈"을 깨치게 하고 마침내 아내가 "영원한 우주"가 될 수 있게 하는 것이 아닌가. 즉 아내는 "천지의 뿌리"가 되고 "우주의 알"(『보름달이 초생달 될 때까지』)이 되는 것이다.

'현빈'이란 어휘에 눈길이 간다. 이 어휘는 도덕경의

"현빈지문 시위천지지근玄牝之門 是謂天地之根(현빈의 문이 바로 천지의 근원이라.)에서 나오는 말로 '현빈'은 '새끼를 낳는 암컷'을 의미한다. 암컷은 유약하지만 미묘하고 심오한 창조의 힘으로 자손을 퍼뜨린다. 그렇다면 현빈은 만물의 생성하는 '도道'에 다름이 아니다. 여기서 우리는 앞서 언급된 낮은 곳으로만 흐르는 물의 유약함과 함께 생명의 원천으로서의 놀라운 힘을 다시 생각해보게 된다. 물은 '유승강柔勝强'의 진리를 역설한다. 초목도 마찬가지다. 자랄 때는 부드럽고 약하지만 말라죽으면 딱딱해지고 만다. 그래서 강하고 큰 뿌리는 아래에 있고 부드럽고 약한 가지는 위에 있는 것이 아닌가. '생'은 온溫과 유柔. '사'는 냉冷과 경硬이다. 이처럼 자연은 '현빈의 도'를 스스로 보여주고 있다. 다시 강조하거니와 시인은 언제나 자신의 귀한 가치를 자연의 원천적 속성에서 찾고 있다. 그리고 이를 자신의 작품세계 안으로 견인하고 있음을 위의 시에서는 물론 모든 시편들에서도 재차 확인할 수 있다.

5

나는 문학은 삶에서 구할 수 있는 즐거움의 하나이고 그 아름다움을 밝혀 독자와 함께 즐겨야 한다는 완강한 고집이 있다. 또한 작품에 내재하고 있는 '즐거움의 제공 능력'이 바로 그 글의 문학성이 된다는 강한 믿음도 있다. 따라서 작품에 대한 비평가의 '성실한 수고'로 작품의 미학적 효과를 찾아내야만 하고, 그것을 독자와 즐기지 못하고서는 한 작품을 제대로 이해하지 못한다는 비평가설을 전적으로 수용한다.

지금까지는 주로 자연과 교감하는 시인의 정신세계와, 이에서 비롯되어 우주적 삶으로 확장되는 그의 사유와 명상의 언어들, 다시 말하자면 일종의 철학적 사변에 시선을 모았다고 할 수 있다. 시에는 충족시켜 주어야 할 언어조직이 있고 이로 인한 고유의 즐거움이 있게 마련이다. 그런 후에야 철학적 관념의 세계관도 거론될 수 있을 것이다. 이제 작품의 문장, 어휘, 구조에 나타나는 제반 문학적 장치와 그 미적 효과에 시선을 집중하고자 한다.

처음 그녀와 어른들께 인사드리러 가던 날은
우리 아버지가 용구새를 뱄고
어머니는 마당 가에서 고추를 열었다.
그해 밭떼기는 풍요로워 고추빛깔이 곱고
쪽동박 열매 영그는 소리가 산울타리를 붉혔다.
초가 추녀 끝으로 일찍 가을이 와서
밤나무 가지 탐스러운 밤송이들은
누가 먼저 입을 벌리나 내기를 하고
가지마다 풀매미들이 달라붙어 째지게 울었다.
우물 속에 더러 먼저 떨어진 감나무잎들

그 새로 물기 머금어 더욱 노래진 낮 반달
우리는 나란히 엎드려 큰절을 올리고
천장에 드러나 댓진처럼 까매진 서까래를 보며
서로 눈길을 주고받았다.
구멍 뚫린 지창으로 마른 햇살이 들어와
고소하게 들깨 칠을 한 방바닥 한켠에 와서 놀고
나는 이 사람이 내 사람이구나 했다.
산빛을 돌아서면 실댕기 같이 아련하던 퉁소 소리
그러나 가파른 능선길이 거기 또 있었다.

— 「용구새」 전문

　작품은 아내 될 사람과 처음 "어른들께 인사드리러 가던 날"을 그리고 있다. 그날 집에 갔을 때 아버지는 "용구새를 뱃고" 어머니는 "마당가에서 고추를 열"고 있었다. '용구새'라는 명사와 '뱃다'라는 동사가 눈에 띈다. '용구새'는 초가의 용마루나 토담 위에 덮는 이엉을 말하는 강원도 방언이고, '뱃다'는 '엮다'의 북한말이다. 즉 아버지는 '이엉을 엮고' 계셨다는 말이 된다. 속초지역 언어에서 북의 악센트와 어휘가 섞이는 것은 새삼스런 일이 아니다. 지리적으로도 가깝고 또한 피난 나온 수많은 사람들이 함께 어울려 살고 있기 때문일 것이다.
　이렇게 전형적인 초가을 시골 민가의 모습이 사생되며 시의 첫 문장이 시작된다. 그런데 이 시에서 나타나는 화자의 유일한 행위는 "나란히 엎드려 큰절을 올리"는 것밖에 없다. 허기야 인사를 올리러 갔으니 부모님께 절하는 것은 당연하다. 특별히 두 사람이 취해야 할 행동도 달리 없을 것 같다. 중요한 것은 두 사람의 미쁜 인사를 감싸고 있는 주위의 정황 묘사다. 이는 이 작품의 예술성을 한껏 고양하는 결정적 역할을 수행하고 있다.

우선 시인이 구사하고 있는 어휘들을 주목해 볼 필요가 있다. '밭떼기' '쪽동박' '산울타리' '초가추녀' '밤송이' '풀매미' '감나무' '댓진' '서까래' 등. 이런 말들이 환기하는 독특한 정서는 독자가 이 시를 수용함에 있어 결정적인 친화력으로 작용한다. 모두가 성장 과정의 초기에 익힌 민초의 삶에 밀착된 기본어휘로 우리의 의식 심층에 깊게 자리 잡고 있는 말들이다. 이런 기층基層언어는 미묘하면서도 거역할 수 없는 독특한 정서를 환기하고 촉발시킨다. 이 시에는 뒷날의 체험에서 습득한 교양언어는 물론 추상적 관념어 또한 전혀 찾을 수 없다. 그래서 더욱 이런 기초어휘들은 강한 호소력을 가지고 우리 가슴에 파고들게 되는 것이다.

또한 주목해야 할 점은 이런 모국어들이 문장 속에서 다른 수식어와 부사어를 만나며 얼마나 풍요로운 문학적 효과를 만들어내는가 하는 점이다.

두 사람이 인사를 올리러 가던 때 밭떼기는 "고추빛깔이 곱고/ 쪽동박 열매 영그는 소리가 산울타리를 붉혔다." 시각과 청각이 어우러진 참으로 선연한 심상이다. 강원도 사람들은 '쪽동백'을 '쪽동박'으로 부른다. 수줍은 듯 단아한 아름다움을 간직한 하얀 꽃이 지고 이제 열매가 영글어가고 있다. 가을이 되었음을 새삼 인식하게 된다. 그런데 시인은 "열매 영그는 소리"를 듣는 특출한 청각을 가지고 있다. 이뿐이 아니다. "들깨 칠을 한 방바닥"에서 고소함을 느끼는 후각과, 익어가는 밤송이들이 서로 "내기를 하"는 것을 보는 시각과, 더구나 우물 속에 떨어진 감나무잎 사이로 "물기 머금어 더욱 노래진 낮 반달"을 놓치지 않고 바라보는 놀라운 안력도 가지고 있다. 이런 시인의 탁월한 능력이 대상을 감각적으로 인식하도록 자극하며 반짝이는 심상으로 문장을 예술적으로 만들고 있는 것이다.

특히 "천장에 드러나 댓진처럼 까매진 서까래"는 참으로 빼어난 묘사다. 나는 농가의 별 볼 일 없는 서까래를 이처럼 여실하게 사생한 글을 본 일이 없다. 더 중요한 것은 이 시구가 삶의 고단함을 정확하게 은유하고 있다는 점이다. 천장에 서까래가 드러나 있고 게다가 그것이 댓진처럼 까매졌다면 그 집은 오랜 풍상을 견딘 초라한 시골농가일 뿐이다. 더구나 종이창에 구멍까지 나 있지 아니한가. 그 속에서 한 생을 보내신 부모님의 신산한 삶이 이 시구에서 역력하게 비유되어 드러나고 있다.

또 하나 간과할 수 없는 점은 시인이 내보이고 있는 동사의 은유화다. "밤송이들은/ 누가 먼저 입을 벌리나 내기를 하고" 있다. 마른 햇살은 "방바닥 한켠에 와서 놀고" 있다. 일상어로 밤송이가 '익어간다'나 햇살이 '비추고 있다'고 해도 의미전달에는 아무런 차이가 없다. 그러나 위와 같이 무생물에 인간의 속성을 부여하여 의인擬人화시킴으로 창출되는 은유는 즉각 상상력을 자극하는 예술언어로 변모된다. 들깨 칠한 방바닥 한쪽에 '놀고 있는' 마른 햇살! 상상만 해도 아늑하고 따뜻한 고향의 정취가 한결 실감 나게 다가오지 않는가.

이제 우리는 집을 나서 "산빛을 돌아"간다. "실냉기 같이 아련한 퉁소 소리"가 들리는 것 같다. '실처럼 가는 냉기' 같은 소리 또한 우리의 감각에 살갑게 파고든다. 우리는 이 가늘고 잔잔한 소리의 평온함에 눈이 스르르 절로 감긴다.

무심코 우리의 눈길은 마지막 행으로 향한다. "가파른 능선길이 거기 또 있었다." 갑자기 정신이 번쩍 든다. 무슨 말인가. 부지런히 작품 전체의 앞뒤를 훑어본다. 시는 끝이 났다. 시인은 시침이 뚝 떼고 더 이상 아무 할 말도 없다는 듯 작품 밖으로 나가버렸다.

열아홉 행 중 마지막 이 한 행은 한 마디로 이 시의 백미다. 지금까지 우리는 시인이 견인한 유년기의 토착어들과, 그리고 이를 적확한 문장으로 구조화시키는 그의 뛰어난 언어조형 능력으로 모든 자연 대상을 선연한 감각으로 인식하고 거역할 수 없는 그리움의 정서에 빠져들었다. 모국어의 기본어휘로 구성된 호소력이 강한 그의 문장을 독서하는 일은 곧 아름다움을 발견하는 일이었고 또한 즐거운 일이었다. 마침내 우리는 "아련한 퉁소 소리"를 들으며 그 아늑한 고향의 서정에 스르르 눈

174

까지 감지 않았던가. 어린 시절의 고향 풍광과 어릴 때 맛들인 입맛은 지속적 취향으로 남게 되는 법이다. 비록 가난했을지라도 어릴 적의 고향은 '잃어버린 낙원'으로 우리 모두의 의식 심층에 남아있다. 우리는 바로 그 낙원을 그리워하며 꿈꾸고 눈을 감고 있었던 것이다. 열여덟 행까지의 얘기다. 그러나 열아홉 번째 마지막 행에서 시인은 갑자기 "가파른 능선길"이 있었다는 발화와 함께 시를 끝내고 만다.

우리는 감았던 눈을 번쩍 뜨게 된다. 물론 이 '오르막길 능선' 역시 자연 대상의 하나에 불과하다. 그러나 이 대상은 잃어버린 옛날의 유토피아를 말하는 게 아니다. 당장 눈앞에 놓여있는 길로 과거가 아니고 지금, 그리고 앞으로 걸어 올라가야 할 길인 것이다. 시인은 우리가 겪어야 할 신산한 삶에 대한 은밀한 예고를 하고 있는 것이다.

시인은 평생을 교육자로 살았지만 자신의 문학세계에 안에서 가르치는 자세는 철저히 배제한다. '인생길'에 대한 예시를 던지고 있지만 그것은 자연의 한 부분인 '능선길'이 대신하게 할 뿐이다. 설교·교훈적 발화는 한마디도 없다. 아니 그런 말이 나오기 전에 시의 매듭을 묶어 버린다. 이는 충격적 요법의 가치를 가지며 예술적으로도 훨씬 큰 효과를 거두게 된다.

6

외에도 이번 시집에는 탁월한 예술적 언어조직의 능력으로 문학 고유의 즐거움을 만끽하게 하는 작품이 다수 있다. 그런데 기이하게도 대개의 이런 작품들이 아내와 함께 지낸 시인의 개인사와 맞물려 있다. 시인의 연보는 이미 발간된 시집이나 여러 문예지에 비교적 자세하게 소개되고 있다. 그런데 연보로는 도저히 상술할 수 없는 많은 사적인 얘기들이 작품에 도입되어 시의 미적 효과를 한껏 제고하고 있다. 당장 앞의 아름다운 시 「용구새」도 아내 될 사람과 처음 "어른들께 인사드리러 가던 날"에서 비롯되고 있는 것이 아닌가.

창작행위가 작가의 내적 심층에 위치한 정신작용으로 이루어진다는 것을 고려할 때, 작품해석을 위해 작가의 개인사에 지나치게 의존함은 바람직하지 못하다. 그럼에도 필자는 작품과 개인사의 상호조명은 우선 표면에 나타나는 작품의 일차적 이해뿐 아니라 숨어있는 의미의 계시를 발견하는 데도 크게 유익한 것으로 믿고 있다. 예로 아내는 "전쟁이 있"던 "1950년" "초가을" "마포강 고개 너머 만리동 초막"(『출생기』)에서 태어났다. 물론 연보에는 없는 사실이다. 그러나 이런 정보는 둘이 처음 만났을 때 그녀는 "열아홉 솜털복숭이"(『초가을 밤 앵속이 싸르르 타는 듯한』)었고, 시인은 "바닷가 초등학교에서 아이들을 가르칠 때"(『소방울집』)라는 사실과 맞물리며 두 사람의 나이 차, 환경, 거주지, 직업 등 이후 여러 작품들의 해석에 의미 있는 지침으로 작용하고 있음을 알 수 있다.

개인사와 맞물린 수많은 명편이 있고 왜 그것이 명편이 되는지 하나하나 다루고 싶지만 그렇기 위해서는 한 권의 두툼한 책을 써도 모자랄 지경이다. 그렇다고 주옥같은 문장들을 그냥 지나칠 수는 없다. 대충이라도 살펴봐야 할 의무를 느낀다.

시인은 우선 두 사람의 '만남'에 대해 각별한 의미를 부여하고 이의 형상화에 정성을 기울이고 있다. 작품수도 많은 편이다.

먼저 "처음 만났던 날"을 회억하는 「첫 말문」을 보자. "천진 소나무 숲을 지나서" 그녀가 "들려준 첫 말 한마디"는 "저는 아무것도 몰라요"다. 얼마나 순수하고 풋풋한 발화인가. 첫 말문을 열 때는 "초가을 달빛이 갈댓잎에 부딪혔다가/ 싸락싸락 떨어지"던 밤이었다. 얼마나 서정적인 정경인가. "호롱불빛 내다보는 초가 앞까지/ 그녀를 바래다주며" 둘 사이에는 "두어 번 옷깃" 스친 것밖에는 없다. 한 폭의 순정한 그림을 보고 있는 느낌이다. '갈댓잎에 부딪힌 달빛이 싸락싸락 떨어진다'는 말은 두고두고 기억될 아름다운 표현이 아닐 수 없다.

시인은 작품 말미에 주를 달고 "천진 소나무 숲"에 대해 부기附記하며 자신의 개인사를 피력한다. 그는 청간정이 있는 이 마을에서 "20대 청춘의 거의 5년간을 지냈고" 수령 이백 년이 넘는 마을 "소나무 숲길에서" "꽃다운 열아홉 살" 아내도 만났다고 회억하고 있다.

다음 작품에서 그녀가 자신의 "토끼장집으로 찾아"온 그 날, 시인은 그녀 눈빛 속에서 시제 그대로「초가을 밤 앵속이 싸르르 타는 듯한」소리를 듣고 있다. 앵속은 양귀비다. 아름답고 신비스런 마력을 가진 꽃이다. 시인은 사랑의 마력에 끌려 빠지고 만 것이다. 그가 본 그녀의 "머릿단은 동해 파도이랑처럼 일렁거렸고/ 목덜미가 솜털투성이 깨끼복숭아 같이 싱싱했다." 시인의 청춘은 "그 열아홉 솜털복숭이 속으로 곤두박질쳤다." 이 시에서 '파도 이랑처럼 일렁이는 머릿단'과 '깨끼복숭아 같이 싱싱한 솜털투성이 목덜미'는 인구에 회자될만한, 말 그대로 '싱싱한' 비유다.

두 사람은 「첫 포옹」도 나누었다. 그것은 시인에게 "꽃망울 우주"를 이루는 "충격이요 기적이었다." 그 순간 그는 "지금까지와는 전혀 다른" "온전한 하나"의 세계를 보게 되는 것이다.

둘의 사랑은 깊어지고 그 농도도 짙어진다. 그때 시인은 초등학교 교사로 "바자문에 소방울이 달린" "언덕배기 은백양 산울타리집"에서 혼자 자취를 하고 있었다. "구공탄을 피우면 곤단걀 냄새"가 났다는 말에서 그의 핍진한 삶의 모습이 여실하다. 그러나 사랑하는 젊은이들에게 곤달걀 냄새는 문제도 아니다.

울타리 은백양 나무가 해풍을 받아 돛폭처럼 부풀어 올
랐네. 파도와 놀던 갈매기가 돛을 보고 날아왔네. 파랗게
파랗게 하늘이 열렸다 닫혔다 하고. 갈매기와 장난치며 은
백양 돛폭이 유리 풍선 같이 떠올랐네./(…)/ 입술이 발그
레하고 머리털이 팔꿈치까지 내려와 치렁거리던 그, 그가
오자 동해가 등 너머로 넘겨다보며 물보라를 뿜어 대었네.
거친 소리를 내지르며 걷잡을 수 없었네. 나는 청둥오리처
럼 뒤뚱거렸네. 파도가 치고 딸랑딸랑 소방울이 울고 문이
삐꺽거리고.

─「소방울집」 부분

인용문에서 두 사람의 동작은 화자가 "청둥오리처럼
뒤뚱거"리는 것 외에는 한 마디도 없다. 대신 아름다운
대자연이 이들의 격한 사랑을 대신 말해주고 있다. 은백
양나무는 "해풍을 받아 돛폭처럼 부풀어"오르고, "파도
와 놀던 갈매기가" 그것을 "보고 날아"온다. 돛폭은 날아
온 "갈매기와 장난치며" "풍선같이" 하늘로 떠오른다. 동
해바다는 "거친 소리를 내지르며 물보라를 뿜어"댄다.
"파도가 치고 딸랑딸랑 소방울이 울고 문이 삐꺽"거린
다. 얼마나 선연하고 강렬한 심상인가. 문장에 '사랑'이
란 말은 비치지도 않는다. 그러나 이 이상 강렬한 사랑
은 없어 보인다.

7

시인은 이 무렵이 '69 초가을'이라고 작품 말미에 부기하고 있다. 그녀와 만남이 이루어진 때가 '꽃다운 열아홉'일 때였으니 개인사와도 정확하게 들어맞는다. 이후 두 사람은 72년 10월 전통의식으로 혼례를 올린다. 그들의 혼인식을 절대로 그냥 지나칠 수는 없다.

떠오르지 아내야. 길게 집사가 홀기를 부르자 안방 띠살문 열리고 열두 새 광목 홑청 사뿐사뿐 밟고 갓 스물 너는 신부가 되어 걸어 나왔다. 청사초롱 앞세워 꽃고무신 치마 끝을 채일 듯 한삼 늘어진 너는 손이 길었다. 초록 삼회장 저고리 다홍 오색 활옷 원앙문 대대大帶가 시리고 청황홍 끝동 소맷부리도 시리고 틀어올린 쪽머리 옥색 비녀 칠보 마노 족두리 구슬들은 너를 이 땅 아니라, 별천지 사람이게 하던 것을. 그랬었지. 오로지 나를 향해 사뿐 거리던 신부야. 연지 곤지 얼굴이 수줍어 감으레하던 갓 스물 눈빛

수모 부축받아 신부인 너는 두 번 큰절하고 너를 보며 한 번 절한 나는 화강청강석 나비사모 자단령과 목화 용문 관대가 쑥스러웠다. 하지만 너는 나에게 술을 부었다. 아니 백자 화병 기울여 시자가 따른 꽃잔술 받들어 나에게 건네었지. 떨리며 조금씩조금씩 허공을 건너 찰랑거리던 너의 그 홍매꽃 술잔. 그걸 받아 한 모금은 땅에 한 모금은 입술을 적신 후 나도 네게 술잔을 건네었지. 두근거리던 그 순간 아내야 너는 그 술잔을 꽃잎 같은 입술 두 장 구겨

넣어 다 비웠다.

– 「초례청」 부분

꼭 판소리 사설 한 대목을 듣고 있는 것 같다. 실상 인용문은 판소리의 특질을 여러모로 보여주고 있다. 춘향가의 가효·기명 사설에는 육해공의 온갖 음식물과 이를 담는 갖가지 기명이 어려운 한자어까지 동원되며 장황하게 소개된다. 주요인물 하나만 등장해도 인물치레나 복식치레가 요란하게 펼쳐지게 마련이다. 위 인용문도 그에 진배없다. 초례청의 정경이 '초록 삼회장저고리' '다홍 오색 활옷' '원앙문 대대大帶' '화강청강석 나비사모 자단령' '목화 용문관대' '청실홍실 표주박주' '열 폭 병풍 십장생' 등 어려운 말로 인용되며 묘사되고 있다.

판소리에서 창자는 작품 속의 인물이 처한 정황을 그대로 모방하려는 충동을 갖는다. 구술문학의 구연口演 상황에서는 단 한 번의 말로 그 의미가 청중에게 전달되어야 한다. 이를 위한 방법 중의 하나가 '청중의 재고 반응'에 호소하는 것으로 정서·주제적 유사성이 있는 기존의 언어양식을 인유하게 된다. 즉 판소리에서는 민요, 타령, 무가, 시조, 한시, 한문 관용어구 등 관습적 선행담화를 상하층 언어를 가리지 않고 수용하게 되는 것이다. 인용문은 전아한 상층 언어에 해당된다. 그래서 그런지 일반 지식수준으로는 잘 이해되지 못하는 어휘들이 수두룩하다. 고백하거니와 필자도 '화강청강석 나비사모 자단령'이 무슨 의미인지 모른다. 실상 판소리 청중들 중에 사서삼경을 읽은 사람이 몇이나 있겠는가. 그래도 민초들은 눈물을 빼기도 하고 폭소를 터뜨리기도 하며 판소리를 즐기지 않는가.

인용문에서 사건 진행은 신부신랑이 맞절을 하고 술잔을 나누는 게 전부다. 긴 사설은 모두 초례청의 정황, 특히 신부신랑의 의상과 장신구에 대해 자세하게 묘사하고 있을 뿐이다. 그 자세한 묘사 내용 하나하나를 잘 모른다 해도 작품이해에는 아무런 지장이 없다. 지금 초례청에서 벌어지고 있는 일은 구경꾼 누구나 다 알고 있기 때문이다. 무슨 말인가 잘 몰라도 전통 혼인잔치에 갔던 사람들은 다 귀에 익숙한 소리다. 바로 이런 재고 반응에 호소하는 선행담화는 서정성을 확보하기 위해 수용된다. 정서적 상황이 유사한 담화를 인유하여 서정적 장면을 확장시키는 것이다. 인용문은 귀에 익숙한 대목으로 청중의 참여 동기를 유발하고 정서적 감응을 고양시키는 판소리와도 같은 문학적 장치라 할 수 있다.

또 하나의 판소리 구성의 특질은 삶에 얽힌 다양한 국면들이 그에 걸맞은 다양한 가락과 장단으로 호응되면서 웃음판과 울음판이 반복되는 순환구조를 가지고 있다는 점이다. 격식대로 갖춰 입고 집사의 인도에 따라 엄숙하게 진행되는 전통혼례에 웃음이 터질 일은 없다. 그러나 시인은 맞절 후 둘이 술잔을 나누는 장면에서 놀라운 해학을 창출해내고 있다.

자리가 자리인 만큼 문체는 그에 걸맞게 고상하다. 술병은 '백자 화병'이요, 술잔은 '홍매꽃 술잔'이다. 신부는 시자의 도움을 받아 "꽃잔술 받들어" 떨리는 손으로 신랑에게 건넨다. 신랑은 그 잔을 받아 "한 모금은 땅에 한 모금은 입술을 적신 후" 다시 신부에게 건넨다. 두 사람의 조심스럽고 긴장한 모습이 눈에 선하다. '가슴 두근거리는 순간'이다. 그런데, 그런데 말이다. 신부는 "꽃잎 같은 입술"로 말이다. 그 술 한 잔을 다 마셔버리고 만다!

　우리는 지금 초례청에서 곱게 치장한 신부신랑의 모습과 진행되는 엄숙한 예식절차를 직접 보고 있다. 그리고 신랑이 입술밖에 적시지 않는 술을 신부가 한 잔 다 마셔버리는 돌발적인 행동, 그러나 순진하고 귀여운 행동에 웃음을 터뜨리고 만다. 이 시는 그만큼 현장감이 있다. 참으로 멋진 해학이다.

　우리만의 고유한 구술문학인 판소리의 미학적 요소는 다채로운 수사의 역할을 하며 여러 형태로 얼마든지 문학에 견인되어 사용될 수 있다. 시인은 위 작품에서 이런 경우를 적확하게 보여주고 있는 것이다.

8

　시인은 결혼 후 "동해 파도가 무섭게 치던 산비탈"의

「조양동 새마을 단칸방」에서 신혼살림을 차리고 "다리 오그리고 벌레처럼" 지냈다고 말한다. "공중변소에 탑처럼 쌓여 올라오던 똥 덩어리"에 놀라고 "새벽이면 산불처럼 번지던 빈대 떼"에 시달렸던 그곳에서 "첫아기 낳아 기르며" 어렵게 살았다.

이렇게 시작된 결혼생활은 시인이 2014년 영면할 때까지 42년이란 오랜 세월 계속된다. 이 동안 두 사람의 소소한 일상이 담긴 많은 작품들이 생산된다. 물론 언제나 '아내'의 존재는 창작의 동기가 되고 영감을 공급하는 작품의 원천이 된다.

「장 담그던 날」도 있었을 것이다. 그녀는 "물메주를 양재기에 퍼 담고" 그는 "아직 덜 깨진 콩짜개들을 골라 짓찧"는다. 두 사람이 담그는 장에 "더러 설악산 천불동 건들바람도 내려와 섞이고/ 동해 샛바람도 불어와 섞이고" "살구꽃도 한두 잎 그리로 떨어져 뒤섞였"다고 시인은 말한다. 설악과 동해 바람이, 게다가 떨어지는 살구꽃까지 거들어 만들어진 이 장맛은 단연 세계 최고의 맛이 되었을 것임에 틀림없다.

어느 해 봄눈 내린 다음 날, 둘은 "처마 밑에 나란히 서서" 따뜻한 봄 햇살을 쬔다. 시인은 절창을 뽑는다.

　　아내는 봄볕 맛있다 하며 얼른 간장독 망사를 풀어놓습니다. 숙성해 까매진 간장 얼굴이 드러납니다. 봄 하늘이 얼른 그 속으로 들어갑니다. 개살구 빈 나뭇가지도 얼른 그리로 뛰어내립니다. 간장독 안은 금방 딴 세상이 됩니다. 봄햇살이 장난쳐 금방 파란 딴 세상을 만들어 놓았습니다. 아내도 파란 그리로 내려가 이쪽 세상을 올려다봅니다.

–「봄눈 내린 다음 날」 부분

아내는 모처럼의 봄 햇살이 아까워 "얼른 간장독 망사를 풀어"놓는다. 살뜰한 주부의 모습이다. 까맣게 숙성한 "간장 얼굴이 드러"나자 '봄 하늘'도, '개살구 나뭇가지'도 "얼른 그 속으로 뛰어"든다. 햇살이 장난친 간장독 안은 금방 파란 딴 세상이 된다. 이번에도 자연 현상과 사물이 부부를 거들고 있다. 시간 끌지 않고 바로 행동하는 '얼른'이란 부사어의 반복이 신선하다. 아름다운 정경이다. 그런데 말이다. 깜짝 놀랄 일이 벌어지는 데 "아내도 파란 그리로 내려가 이쪽 세상을 올려다"보고 있다. 아내도 자연사물의 하나로 동화되고 있는 것이다. 작품의 압권이 아닐 수 없다.

나는 방금 두 사람의 결혼생활을 그린 많은 작품 중 「조양동 새마을 단칸방」 「장 담그던 날」 「봄눈 내린 다음 날」 등 세 편의 작품만, 그것도 압축하여 주마간산 식으로 소개했다. 그러나 이 세 작품만을 통해서도 시인이 보여주는 발군의 창작 정신과 태도를 읽어 낼 수 있다.

감동을 주는 문학작품에 관해 토로되는 가장 흔한 독자반응의 하나는 그것이 삶에 대한 진실을 제시하고 있다는 점이 될 것이다. 물론 이때의 진실은 이성에 의한 과학적 진실과는 거리가 멀다. 이성에 대립하는 '상상'에 의한 진리 파악이다. '상상력'은 일상의 온갖 '경험'을 토대로 하여 새롭고 의미 깊은, 즉 진리를 닮은 형상을 창조하는 능력이다. 소박한 감정을 토로하는 서정시에도 진실성은 중요한 가치판단의 기준이 된다. 문학은 허구다. 그러나 그 허구세계 속에서도 우리는 경험적 사실, 비록 그것이 간접적인 경험이라도 사실과의 불일치에 대해서는 거부감을 갖는다. 진실에 대한 반칙이라고 생각하기 때문이다. 독자의 이런 소박한 반응은 의외로 완강하고 끈질기다.

시인은 이를 꿰뚫어 보고 있다. 부끄러운 것은 감추고 잘난 것은 내세우려 하는 게 인간의 기본 성정이다. 그러나 시인은 솔직하다. 신혼 때 어렵게 살았음을 "쌓여 올라오던 똥 덩어리"와 "산불처럼 번지던 빈대 떼"라는 말로 과감하게 드러낸다. '똥'이나 '빈대'는 보통사람이면 시어로 적절하지 않다고 생각하기 쉽다. 그러나 시가 아름답던 고통스럽던 모든 경험을 소재로 하듯 아름다운 어휘뿐 아니라 상스럽고 더러운 말도 얼마든지 작품에 도입될 수 있다. 시인의 연금술 같은 상상력을 거치면서 그런 어휘들 역시 보석처럼 빛을 발하게 되는 것이다.

장 담고 간장독에 볕을 쬐게 하는 일은 남정네라도 흔히 보고 겪은 틀림없는 '경험적 사실'이다. 그럼에도 둘이 '메주를 담고 짓찧는 일', 봄 햇살을 담기 위해 '간장독 망사를 풀어놓는 일'은 이런 경험적 사실을 더욱 확실하게 한다. 그리하여 시인의 상상력은 설악과 동해 바람, 떨어지는 살구꽃이 장에 섞이게 하고, 봄 하늘과 살구 나뭇가지가 간장독에 뛰어들게 한다. 아내까지 그리로 내려가 이쪽 세상을 올려다보게 한다. 이것이 바로 우리 일상의 '경험'을 토대로 하여 '새롭고 의미 깊은 형상'을 창조한 것이 아니고 또 무엇이겠는가.

시인의 상상력으로 표현된 놀라운 형상들이 여기저기 산견된다. 송아지를 낳느라 "우리집 암소가 내지른/ 새벽 비명 소리에 놀라/ 동해에 하현달이 떴다."(『암소』) 상현달은 어떤가. 동해 하늘은 '상현달'을 풀어놓고 "새똥을 갈기는 듯/ 별들을 마구 흩뿌려대"고 있었다.(『오징어 배를 타던 날의 기억』) 빙모님이 사시던 함경북도 성진에서는 "저녁이면/ 해마가 하품을 하며 육지로 올라"오고 "바다에 떨어진 별들을 청어들이 주워 먹기도 했다"고 한다.(『처가』) 얼마나 새로운 의미를 담지한 눈부신 형상들인가.

9

이글의 전반부는 자연과 교감하며 인간과 세계 그리고 우주적 삶으로 확장되어가는 시인의 정신세계에 주안점을 두었다. 후반부는 행간에 내재하는 작품의 미학적 효과를 밝혀내어 독자에게 그 아름다움을 즐길 수 있도록 하는데 주안점을 두었다. 그러나 비평가의 '성실한 수고'가 바쳐졌다면 전자나 후자나 도진개진이다. 비유하자면 전자는 '유방'을 말했고 후자는 '젖'을 얘기한 것뿐이라고 믿는다.

모처럼 긴 글을 썼다. 그러나 시인은 『아내』를 위해 시 101편을 썼다고 하는데 그중 나는 겨우 몇 작품이나 제대로 읽어낸 것인가. 시집에는 "종다래끼를 들고 밭고랑에 콩씨를 넣던 어머니" 얘기가 있고 "모차르트를 치느라 땀방울 송글대던" 따님 수연 씨 얘기도 있다. 시집올 때 "성정이 순해" "설악산 대청봉이 활짝 피어"나게 만든 「새아기」 며느님 얘기도 있다. 지면 관계로 이런 작품들을 읽어내지 못해 아쉽다. 거의 모든 작품의 시적 배경이 되고 있고 그의 시적 요람이라 할 수 있는 '설악산과 동해'에 대해서도 쓰지 못해 아쉽다. 시인의 인격과 인품을 알려주는 여러 자료도 있었지만 마찬가지가 되어 아쉽다. 다시 기회가 있을 것으로 안다.

붓을 놓기 전에 꼭 한마디 하고 싶은 말이 있다. 시인의 『아내』는 '우렁각시'임에 틀림없다. 시인에게 이렇게 눈부신 명편들을 깎게 만든 장본인이 바로 그녀가 아닌가. 맞다. 우렁각시다.

1940. 5. 8 강원도 강릉시 입암동 339번지에서 부친 강릉
인 최찬경 모친 삼척인 김화자 사이 칠 형제 중 둘째
로 출생. 성장기에 조부 돈식의 품속에서 홍루몽 옥
루몽 등 고전소설 읽는 소리를 자장가 삼아 잠들곤
했다.

1946. 강릉 성덕국민학교 입학.

1950. 6 · 25 한국전쟁 발발. 갑자기 바뀐 세상 탓으로 마
을 어른들은 좌와 우로 갈리어 갈피를 못 잡고 갈팡
질팡하며 곳집, 땅굴 등에 숨어 지내다. 9월 28일
수복이 되자 일부는 북으로 갔고, 일부는 부역으로
몰려 혹독한 고초를 당하다. 나는 겁 없이 전쟁을 구
경하러 다니거나 총탄 화약 놀이를 하며 보내다.

1951. 1 · 4 후퇴. 가친은 가형과 암소 한 마리를 데리고 먼
남쪽으로 피난을 가다. 유엔 전투기가 집을 폭격했
으나 살아남다. 조모는 총탄이 고관절을 뚫었다. 내
바로 밑 아우는 파편을 일곱 군데나 맞았고 파편 쪼
가리 하나는 아직도 팔뚝에 남아있다. 내가 뛰놀던
마을 산천은 포화에 새까맣게 그을려 초토가 됐다.
나는 너무 많은 총포소리와 통곡소리를 들어야 했
고, 너무 일찍 주검의 현장들을 보아버렸다. 나는 그
때 이미 죽은 목숨이었다.

1952. 5학년 학급신문 〈꽃밭〉에 동시 「태극기」가 실림.

1953. 성덕국민학교 졸업. 최초로 영화 〈엘레나〉를 봄. 강릉사범병설중학교 입학. 시인 최인희 선생을 멀리서 보다('시인'이라는 이름을 처음 들음). 황금찬 선생 보결 수업(『삼국유사』「서동설화」)를 경청. 이듬해 중2학년 때 마가렛 미첼의 『바람과 함께 사라지다』를 친구로부터 빌려 보다. 3학년, 시인 원영동 선생이 국어를 가르침. 「북청물장수」와 「파초」를 외며 소꼴을 베러 다니다. 휴전선이 그어지면서 툭하면 강릉 비행장으로 나가 철조망을 사이에 두고 중립국 감시단 물러가라며 종일 궐기하다. 때로는 마을 인부로 동원돼 포남동 묘포장에서 잡초를 뽑는 일을 하기도, 강동 운산 등지의 움푹 파여 나간 국도를 찾아 군 트럭이 부려놓은 자갈을 망치로 깨 다져 넣다.

1955. 7. 28(음) 조모 타계.

1956. 강릉사범병설중학교 졸업. 강릉사범학교 입학. 1학년 때 장학금을 받아 『국어사전』을 처음 사다. 국어 교과서에 나오는 명문 명문장에는 어려운 낱말이 왜 그리 많은지 책장은 금방 새빨개졌다. 이후 나는 명문장을 암송했다. 「산정무한」 「백설부」 「면학의 서」 안톤슈낙의 「우리를 슬프게 하는 것들」과 「관동별곡」 「유산가」 「정과정」 「헌화가」를 흥얼거리고 다녔고 「정과정」과 「가시리」는 아직 흥얼거린다. 농가의 초동이었으므로 소를 몰고 다니면서도 이 명문들을 암송했다. 라디오가 없던 시절이라 광석 수신기를 조작해 모깃소리 같은 깽깽이 소리를 듣곤 하였는데, 알고

보니 바흐 베토벤 멘델스존 모차르트 드뷔시 등의 명곡들이었다. 강릉 포교당에서 당시 오대산 상원사에 주처 하던 탄허스님을 대면하고 삼배를 올리다.

1958. 시인 윤명 선생 담임. 문학(시)에 대해 최초로 눈뜨기 시작. 월간 『현대문학』을 처음 대하다.

1959. 강릉사범학교 졸업.

1960. 무작정 머리 깎고 강릉 월대산 대승사를 찾아가다. 얼마 후 주지 최수운 선사로부터 묵주와 『묘법연화경』을 받다.

1961. 3. 31 초등학교 교사로 초임 발령.

1961. 10. 15~1962. 12. 27 군복무(교보 군번 0041485). 중대 사역병으로 나갔다가 우연히 리태극 시비를 발견하다. 시비를 처음 보는 순간이었다. 나는 폭설에 뒤덮인 시비의 설빙을 쓸어내고 한참 동안 어루만졌다. 시비는 화천 파라호를 굽어보고 있었다. 소대에 꽂혀 있던 중편 『불꽃』(선우휘)을 강한 인상으로 읽다.

1963. 3. 31 초등학교 교사로 복직. 수업이 끝나면 별로 할 일이 없어 『세계전후문학전집』을 구입해 읽었고 특히 33인 『한국전후문제시집』을 펼쳤을 때에는 흥이 절로 났다. 고은 구상 김남조 김수영 김종삼 박희진 성찬경 이원섭 등의 시인 이름을 처음 익혔다. 2000년 8월 31일 초등학교 교장으로 퇴임.

1964. 영덕군 〈꽃게〉 동인으로 시인 이장희 아동문학가 김녹촌과 활동. 『현대문학』에 시 몇 편을 투고했으나 감감무소식.

1966. 1. 11 최명길 시화전(시화 '나는 박제된 새' 외 25점

〈그림 장일섭〉. 강릉 청탑다실)을 열다. 이후 허망감이 들어 『세계문학전집』 『현대한국문학전집』 『당시』 등을 숙독하며 시의 싹이 움트기를 기다리다.

1966. 4~1970. 3 고성 〈금강문학동인회〉 동인으로 시인 황기원 최형섭 소설가 전세준과 활동. 동인지 『금강』 창간호를 비롯한 5권 발간. 시집 『청동시대』(박희진)를 심취해 읽다.

1968. 11. 24 조부의 갑작스러운 타계. 임종을 지켜보며 생의 무상함을 깊이 느낌. 이 무렵부터 등산을 시작하다.

1969~1981. 설악문우회 발기인으로 참가. 동인지 『갈뫼』 창간을 도움. 시인 이성선 박명자 이상국 고형렬 이충희 김춘만 소설가 윤홍렬 강호삼과 활동.

1970. 11. 19 김복자와 약혼 후 1972년 10월 31일 전통혼례. 관음선풍이 몰아치는 설악과 문기가 꿈틀거리는 속초가 좋아 고향 강릉 못 가고 설악 자락에 둥지를 틀다.

1971. 2. 2(음) 아들 선범 출생.

1972. 6. 7(양) 딸 수연 출생.

1975. 『현대문학』 지에 시 「해역에 서서」 「은유의 숲」 「음악」 「자연서경」 등의 신작시를 발표하며 등단(이원섭 선생 추천).

1978. 첫시집 『화접사』(월간문학) 출간. 12월 2일 설악문우회 동인들이 『화접사』 출판기념회(대한예식장)를 열다. 아동문학가 이원수 시인 이원섭 평론가 김영기 시인 임일진 선생 등이 축하해 주었다. 그 무렵 신흥사 조그만 선방에서 무산 조오현 큰스님을 뵈다. 이듬해 10.26사건으로 삶의 허무감을 깊이 느끼다.

1981. 9. 30 이성선 이상국 고형렬 시인과 〈물소리시낭송회〉를 시작. 나는 암울한 시기를 시로 버텼다. 1999년 6월 19일까지 18년 동안 149회 개최.(2013년 12월 6일 시낭송 재개). 한국방송통신대학 입학.

1984. 시집 『풀피리 하나만으로』(스크린교재사) 출간.

1986. 2. 28 한국방송통신대학 졸업(초등교육 전공). 3월 경희대학교 교육대학원 입학(서정범 박이도 고경식 최동호 교수로부터 사사). 월하 김달진 노옹 뵈다. 『현대문학』 10월호 시 특집 「반달」 외 6편 발표.

1987. 명상시집 『바람속의 작은 집』을 최동호 교수의 도움으로 나남에서 출간하다.

1989. 7. 14~7. 24 문교부해외연수단으로 태국 말레이시아 싱가포르 일본 등 시찰. 8월 30일 경희대학교 교육대학원 졸업(교육학 석사, 논문: '永郎 詩에 나타난 〈마음〉 硏究': 원효의 『대승기신론소』를 중심으로 영랑 시의 「마음」을 심층 분석).

1991. 시집 『반만 울리는 피리』(동학사) 출간. 8월 4일 한국불교연구원 입학 후 원장 불연 이기영 선생으로부터 '해운'이라는 법명을 받다. 1997년 금장법사 인증.

1992. 6. 8(음) 모친 타계.

1995. 2. 8~2. 18 인도 엘로라 · 아잔타 석굴, 바라나시와 석가 성도지 부다가야 여행. 시인 황동규 최동호 김정웅 박덕규 고경희 소설가 송하춘 등과 동행. 2월 17일 캘카타 테레사의 집에서 테레사 수녀를 뵈다. 여리고 작은 손이 투박한 내 손안에 들어왔으나, 작은 손은 세계를 감싸 안는 듯 컸다. 1월 26일(음) 부

친 타계. 시집『은자, 물을 건너다』(동학사) 출간. 시「화접사—꽃과 나비의 노래」KBS 신작가곡으로 발표.(곡 박정선, 노래 신영조). 8월 25일 인간문화재 명창 안숙선과 첫 만남.

1997. 7~1998. 6 시인 이성선과 〈목요문예〉 문학강원개설. 1997년『시와시학』가을호 '70년대 시인들' 특집 시「산낚시」「방뇨」등 발표.

1998. 8. 28 문학동인 〈풀밭〉 '최명길·이성선 시인의 삶과 문학' 세미나. 이선용 조명진 정선 등이 최명길의 삶과 문학을 분석하다. 11월 15일 아들 선범(회사원) 권미영과 혼인.

1999. 4. 25 딸 수연 김상철(의사)과 혼인. 7월 8일 강원도 문화상(문학부문) 수상.「풀피리 하나만으로」예술가곡으로 발표(곡 임수철 노래 이용찬).

2000. 8. 31 홍조근정훈장 받음.

2002. 6. 17~7. 26(39박 40일간) 산악인 김영기 최종대 방순미와 백두대간(지리산 천왕봉에서 금강산 마산봉까지 〈도상거리 684km, 실제거리 약 1,240km〉) 종주 산행. 백두대간 봉우리마다 시 한 편씩 총 141편을 쓰다. 후에 서시 2편과「백두대간 백두산」「한라산 백록담」을 추가해 총 145편을 초고. 여기에 산경 88을 더해 11년여 동안 다듬어『산시 백두대간』으로 탈고(2013년). 그중 일부인「지리산 천왕봉」외 15편을『현대시학』같은 해 11월호 특집으로 발표하다.

2003. 11. 22~12. 2 아프리카 킬리만자로산 등반 및 탄자

니아 응고롱고로 국립공원 답사.

2004. 4. 8~2006. 4. 6 방순미의 요청으로 시창작실 〈詩禪一家〉 운영. 격월간 『정신과 표현』 2004년 7/8월호~2008년 5/6월호 「산촌명상수필」 연재. 「쪽판 외다리」에서 「쏭화강 은어 도루묵」까지 23편.

2005. 3. 2~3. 17 히말라야 안나푸르나 등반. 「히말라야 뿔무소」 외 12편 『현대시학』 11월호 '특별기획' 신작 소시집으로 발표.

2006. 3월~12월 신흥사불교대학에서 『대방광불화엄경』 「입법계품」 강의. 김재홍 교수의 도움으로 『콧구멍 없는 소』(시학) 출간. 8월 15일~8월 20일 러시아 자루노비항과 훈춘을 거처 백두산 북문 도착 후 백두산 서파를 종주하다.

2007. 1. 1 새해맞이 축제(속초시 주관) 초청시인으로 참가 시 「정해년 첫 새벽에」를 낭송하다. 『님』지 산악수필 「국토의 숨결을 찾아서」 연재.

2010. 8. 28 만해마을에서 기획한 〈우리시대 대표작가와의 만남〉 만해문학아카데미 초청 문학 강연. 10월 23일 〈詩앗 포럼(좋은 세상)〉 '이달의 시인'으로 이영춘 시인과 참가.

2011. 11월호 월간 『우리시』(최명길 시인 집중조명) 신작시 「맑은 금」 외 4편. 자선시 「동해와 물 한 방울」 외 9편. 나의 삶, 나의 시 「시가 도다」 시인론 「큰 산, 깊은 골에 핀 꽃 같은」(방순미 시인) 시론 「물까마귀의 노래」(이홍섭 시인). 자술 연보, 화보 등 발표.

2012. 『하늘 불탱』(서정시학) 발간. 8월 『만해축전』 축시

「너도 님 나도 님 님도 님」 발표. 11월 10일 공주문화
원(원장 나태주 시인)이 주관한 권영민 문학 콘서트,
〈방언의 시학〉 '사투리와 함께 읽는 팔도 시 이야기'
에 구재기 고재종 나기철 정일근 등 시인들과 참가.
12월 1일 시집 『하늘 불탱』으로 『열린시학』(이지엽)
이 주관한 한국예술상을 받다. 『열린시학』 겨울호 한
국예술상 〈수상자 특집〉 수상소감 「소슬한 정신의
노래」 신작시 「정강이 뼈 피리」 외 1편, 자선대표시
「잎사귀 오도송」 외 9편, 작품론 「詩禪一味', '禪那'
로서의 시에 새겨진 고통의 편린들―최명길 시의 방
법론」(이찬), 자술 연보, 화보 등 발표.

2013. 월간 『유심』 12월호 나의 삶 나의 문학 「시의 돌팍길
은 미묘하고도 멀어」 발표.

2014. 4. 17 만해학술원(김재홍)이 주관한 만해·님 시인상
을 수상. 만해학술원 측은 최명길이 한평생 추구한
'견고의 시학, 은둔의 시학은 만해 시학의 근본정신
과 접맥돼 있다고' 평가했다. 『님』지에 신작 육필시
「나무 아래 시인」 수상소감 「시는 사유의 향기」 작품
론 「일획 섬광의 소슬한 시」(이대의 시인) 등을 발표.

2014. 5. 4 영면. 백두대간으로 돌아가다.

2014. 10. 31 2014년 강원문화예술활성화지원사업으로 첫
번째 유고시집 『산시 백두대간』 발간(황금알).

2014. 계간 『문학청춘』 겨울호 최명길 시인 추모 특집, 작
품론 「자연을 향한 외로운 존재의 사유思惟」(박호영)

2015. 11. 17 유고시집 『산시 백두대간』 2015 세종도서 문
학나눔 도서 선정(한국출판문화산업진흥원).

2016. 4. 20 2016년 강원문화예술활성화지원사업으로 두
번째 유고시집『잎사귀 오도송』발간(서정시학).
해설「자연에 대한 연기론적 인식」(박호영)

2016. 5. 7 후산 최명길 시인 시비 제막식(속초 영랑호 습
지 생태공원).

2017. 5. 17 세 번째 유고시집『히말라야 뿔무소』발간(황
금알). 해설「몸과 마음의 고향을 찾다」(이홍섭).
2017 세종도서 문학나눔 도서 선정.

2018. 4. 30 2018년 강원문화예술활성화지원사업으로 네
번째 유고시집『나무 아래 시인』발간(서정시학). 해
설「시의 경전輕典을 향해 가는 시인의 길」(김진희)